게임 기획자의 일

상상의 세계를 현실로 만드는
게임 기획자의 일

제1판 제1쇄 2022년 7월 27일
제1판 제2쇄 2023년 6월 8일

지은이	최영근
펴낸이	이광호
주간	이근혜
편집	홍근철 박지현
펴낸곳	㈜문학과지성사
등록번호	제1993-000098호
주소	04034 서울 마포구 잔다리로7길 18(서교동 377-20)
전화	02) 338-7224
팩스	02) 323-4180(편집) 02) 338-7221(영업)
전자우편	moonji@moonji.com
홈페이지	www.moonji.com

© 최영근, 2022. Printed in Seoul, Korea.

ISBN 978-89-320-4001-1 03810

상상의 세계를 현실로 만드는

게임 기획자의 일

▶ 최영근 지음

●●●

문학과지성사

일러두기

이 책에 수록된 인터뷰는 2021년 상반기에 진행되었으며, 인터뷰 대상자의 소속은 당시 재직 중인 회사를 기준으로 표기하였다.

들어가며

1. for Oldbies

게임기와 게임이 백화점과 대형 마트에 당당히 자리하고 있고, 부모님과 아이가 함께 게임을 고르고 있습니다. 지하철에서는 중년 여성이 퍼즐 게임을 즐기고, 수트 차림의 직장인이 롤플레잉 게임에 몰두합니다. 매일 저녁 글로벌 e스포츠 리그가 열리고 팬들이 저마다 자신이 좋아하는 선수와 팀을 응원합니다. 각종 영상 매체와 광고 현판은 최신 게임을 홍보하는 데 여념이 없습니다. 유명 게임 회사들의 신입 사원 공개 채용(이하 공채)의 경쟁률은 최소 몇십 대 1에 이릅니다.

한국콘텐츠진흥원에서 발간한 『글로벌 게임산업 트렌드』 2021년 1+2월호에 따르면 2020년 글로벌 게임 산업의 규모는 1,749억 달러, 즉 206조 원을 넘는다고 합니다 (전년 대비 20퍼센트 성장한 것이죠). PC와 콘솔(게임기), 모바일 등 플랫폼을 가리지 않고 거의 모든 분야에서 상승세였다는데요, PC 분야의 규모는 약 44조 원, 콘솔은 약 60조 원, 모바일은 약 102조 원이라고 하니 실로 어마어마합니다.

이렇듯 게임은 자연스럽게 우리 생활 안에 자리 잡으며 21세기 메인스트림 산업 중 하나가 되었습니다. 하지만 놀랍게도, 부정적인 사회 이슈가 터지면 이유를 불문하고 '어쨌든 모두 게임 탓'을 하던 시절이 있었습니다. 또한 매일 야근하는 게임 개발자를 '등대지기'라고 부르며 이 직업을 모두 기피하던 시절도 있었습니다. 지금으로선 상상하기 힘들지만, 불과 15~20년 전까지의 일입니다.

이런 변화에 대해 많은 기성세대들이 곤혹스러워합니다. 그리고 제게 '대체 무슨 일이 일어난 거냐'라는 질문을 해오곤 합니다. 그들 세대에겐 터부에 불과했던 게임이 지금의 젊은이들에겐 자연스러운 일상의 일부가 되었기 때문입니다. 당혹스럽기도 하고, 두 세대가 대화하기도 힘들어졌죠.

그런데 답을 하려고 참고할 책을 찾아보자니, 게임 산업의 현재를 다룬 것이 생각보다 드물었습니다. 이 책을 쓰게 된 첫번째 이유입니다.

2. for Newbies

업계에 오래 있다 보면 많은 10~20대들에게 이런 질문을 받을 때가 종종 있습니다.

> 저는 게임을 정말 좋아해서 게임 기획을 하고 싶어요! 그런데 게임 회사에 입사하려면 어떤 '스펙'을 쌓아야 하는지 모르겠어요.

2021년 봄, 숙명여자대학교에서 '게임 스토리텔링 워크숍'을 진행할 기회가 있었는데, 당시 학생들의 반응도 이와 비슷했습니다. 도무지 작금의 상황에 대해 공부, 혹은 참고할 수 있는 책이 드물다는 것이었습니다.

자동차를 운전하는 것과 만드는 일이 판이한 것처럼, 게임 역시 플레이 하는 것과 만드는 것은 완전히 궤를 달리합니다. 더군다나 게임 회사도 '회사'이며, 예술이어도 어디까지나 '대중' 예술입니다. 상상만으로는 좋은 게임이 나올 수 없기 때문에 그것을 구체화하기 위한 수많은 기술들이 필요합니다. 또한 좋아하는 일이 생계를 위한 직업이 되었을 때 오는 괴리감도 상당합니다.

하지만 게이머라면 누구나 한 번쯤 자신의 아이디어가 게임에 반영되는 상상을 하고, 특히 자신에게 스토리를 쓸 수 있는 능력이 있다면 나만의 세계가 게임이 되어 세상에 나오는 꿈을 꿉니다. 그것은 내가 창조한 재미를 남들과 공유하고 싶다는 순수한 '로망'에서 비롯된 것으로, 논리나 이성으로 설명하기 힘든 영역입니다.

다만 다른 업계와는 달리, 게임 회사 입사는 일반적인 '스펙 쌓기'로는 할 수 없습니다. 게임 산업은 기본적으로 철저한 실력·능력주의를 바탕에 두고 있기 때문에, 그것을 증명할 수 있는 '포트폴리오'가 정말 중요하거든요. 그렇다면 그 포트폴리오란 무엇이고, 또 어떻게 만들어야 할까요?

이 책을 쓰게 된 두번째 이유입니다.

3. for Myself

 국어국문학과 출신으로 번변한 멘토 없이 지금까지 20년 가까이 흘러온 사람이 그동안 쌓아온 작은 지식들을 총동원해보았습니다. 너그러운 마음으로 봐주시면 감사하겠습니다.

 제 인생의 등불인 아버지와, 세상 무엇과도 바꿀 수 없는 소중한 아내에게 출간의 영광을 바칩니다.

2022년 7월

최영근

차례

1부
'게임' 회사와 게임 '회사'

'게임 회사'라고 하면,

우리는 흔히 '게임'에만 집중한다.

하지만 명심하자.

'게임 회사'란 단어에는 '회사'가 포함되어 있다는 것을.

1장 만악의 근원에서 종합 예술로

이것도 저것도
모두 게임 탓

지금은 상상하기 힘들지만, 20~30년 전에 게임은 말 그 대로 '만악의 근원'이었습니다. 아이들이 공부하지 않는 것도 게임 탓, 사회적으로 흉악한 사건이 일어나는 것도 게임 탓, 가정에 불화가 생기는 것도 게임 탓이었습니다. 아침 신문과 저녁 뉴스에서는 각종 사건들을 게임 때문에 일어나는 것으로 보도했죠. 실제로 입시 스트레스에 시달 리던 끝에 자살한 한 청소년의 책장에 게임 패키지가 있었 다는 이유로, 자살의 원인을 그 게임에서 찾기도 했습니다

(하지만 정작 그 게임은 평화로운 주제를 다루고 있던 터라 게이머들의 냉소와 빈축을 샀습니다).

하지만 아이러니하게도 '오락실'이라 불리는 아케이드 센터는 갈수록 늘어만 갔으며, 당시 게임기와 게임의 최대 거래 장터였던 용산 전자 상가는 주말마다 사람들로 가득 찼습니다. 거기다 현대, 삼성을 비롯해 한국의 대기업들은 정식 게임기와 게임들을 출시하며 유명 연예인을 광고 모델로 기용하는 등 굉장히 적극적인 마케팅을 펼쳤습니다.

저 역시 그때 어린 시절을 보냈습니다. 당시의 저는 공부를 잘하는 편이었는데 모두 게임 덕분이었습니다. 물론 게임을 했더니 성적이 올랐다는 의미는 아니고, 게임을 하기 위해 공부를 열심히 했기 때문이었습니다. 부모님에게 게임기와 게임을 선물로 받기 위해서, 학원을 빠지고 오락실에서 놀았던 시간을 따로 벌충하기 위해서였죠. 그사이 틈틈이 모은 용돈을 들고서 주말마다 용산 전자 상가를 돌아다니곤 했습니다. 새로운 게임을 구매하면 집으로 가는 길이 그렇게 멀게 느껴질 수 없었고, 타이틀 화면이 뜨는 순간엔 심장이 세게 뛰었습니다.

게임은 또 다른 세상과 소통할 수 있게 해주는 출입문이었으며, 커서 게임 시나리오 기획자로 일할 수 있을 만큼의 상상력을 키워주었습니다. 그 쾌감은 뭐라 설명할 수 없을 정도로 황홀한 것이었고, 그걸 위해서라면 지루하고 재미없는 공부조차 기꺼이 감내할 수 있었습니다.

이게 뭘 의미할까요? 게임은 그만큼 떨쳐낼 수 없는 매력을 가지고 있으며 게임이 주는 본질적 재미는 그 무엇으로도 막을 수 없다는 것 아닐까요?

저뿐 아니라 수많은 사람들이 게임의 매력에 빠지면서 게임에 대한 편견은 자연스레 옅어지기 시작했습니다. 무엇보다 게임 대회 결승전을 보러 부산 광안리 해수욕장에 10만 명이 몰리고 게임으로 성장한 기업들이 증권 시장에서 두각을 나타내는 등, 폭발적으로 성장하는 '돈 되는 산업'인 게임에 대해 자본주의 경제체제 사회에서 미디어도 인정하지 않을 수 없게 된 것이죠.

이런 흐름은 스마트폰 시대를 맞이하면서 크게 탄력을 받습니다. 게임이 '아는 사람들만의 전유물'이 아니라 우리의 생활 속으로 파고드는 놀라운 변화를 맞이하죠.

거스를 수 없는
21세기 메인스트림

게임을 둘러싼 환경에 엄청난 변화가 일어났습니다. 게임이 우리 일상 안에 자연스럽게 자리 잡은 것이죠. 사실 20~30년 전 '라떼는 말이야' 시절을 기억하는 제 입장에서는 상전벽해가 따로 없습니다. 그도 그럴 것이, 제가 어렸을 때에는 거리에 게임을 쌓아놓고 불붙이는 퍼포먼스를 신문과 방송이 보도할 정도였으니까요. 예전엔 택시를 타면 기사분들에게 '뭐하러 애들 공부에 도움도 안 되는 해로운 거 만드시냐'란 소리를 들었는데, 이제는 '이야, 첨단 산업에서 일하시네'라는 말을 듣습니다. 이제 '저는 게임을 개발하고 있습니다'라고 말하면서 더 이상 주눅 들지 않아도 되는 시대가 온 것입니다.

「들어가며」에서 글로벌 게임 산업의 규모에 대해 언급했습니다만, 한국으로만 한정해도 그 규모는 대단합니다. 마찬가지로 한국콘텐츠진흥원에서 발간한 『2020 대한민국 게임 백서』에 따르면 2020년 국내 게임 시장의 매출액이 약 15조 원이라고 하는데요, 2018~2020년 3년 연속으로 수주량 세계 1위를 차지한 한국 조선업의 2020년 매출

액이 약 20조 원이라고 하니(산업통상자원부) 한국 경제에서 게임 산업의 위치를 짐작할 수 있습니다. 그러니 명절날 친척들 앞에서 '저는 게임 회사에 다니고 있습니다'라고 당당히 말할 수 있는 셈이죠.

그런데 이는 꼭 통계를 보지 않고도 알 수 있는 부분입니다. 인기 있는 게임 IP*의 후속작의 경우 발매도 아닌 '개발 시작'이라는 뉴스에 해당 기업의 주가가 엄청난 상승세를 보이고, 유명한 게임 PD가 신작을 만든다는 소식이 퍼지면 전 세계 인터넷이 들끓을 정도죠. 실로 어마어마한 파급력을 가진 셈입니다.

> ★
> IP
> Intellectual Property
> 지식 재산권.
> 특정한 원작이 있는
> 콘텐츠(게임, 영화,
> 드라마 등)에 대해,
> 원작이 갖고 있는
> 권리를 가리킨다.

2장 "신입 개발자가 들어왔습니다"

등대지기
─모두가 기피하는 직업

　큰 규모의 위상을 자랑하는 지금과는 달리 한국 게임 산업의 과거는 많이 어두웠습니다. 어제까지 별 탈 없이 출근했던 회사가 다음 날 아예 없어져 있기도 하고, 정상적인 회사인 줄 알고 입사했더니 조직폭력배 계열 자금으로 운영되는 곳인 경우도 있었으며, 아예 월급이 몇 달씩 밀리는 회사는 부지기수였습니다.

　그런 만큼 노동환경은 그야말로 최악에 가까웠는데요, 야근은 일상이고 주말 출근은 예사였는데(게임 개발자*

★

게임 개발자

'프로그래머'만을
개발자라고 칭하는
경우가 많은데,
게임 개발 조직에
속해 있다면 모두
개발자다(기획자,
그래픽 디자이너,
테크니컬 아티스트
등이 포함된다). 7장
참조.

★★

테크 트리
tech tree

게임에서 각종
콘텐츠를 빌드 업
하는 순서. 예를 들어
통나무집을 짓기 위해
① 나무를 베고
② 다듬고
③ 쌓아 올린 뒤
④ 문과 창문을 내고
⑤ 지붕을 올리는
과정을 거친다고 할 때
이 순서를 '통나무집의
테크 트리'라고 부르며,
⑤가 '통나무집의 최종
테크 트리'가 된다.

가 '등대지기'란 별명을 얻게 된 것도 이 때문입니다. 매일 밤 다른 건물들의 불은 모두 꺼져 있는데 게임 회사 건물만 환해서 주변 도심을 비췄거든요) 박봉인 데다 그마저 13분의 1로 받아야 했습니다. 언제 회사가 도산할지 모르니 미래도 불투명했고, 프로젝트의 실패 혹은 드롭은 퇴사와 직결되었습니다. '개발자의 최종 테크 트리**는 치킨집이다'라는 말도 이 시절에 생겼습니다. 직업의 수명이 워낙 짧은 탓에, 아직 젊은데도 (강제로) 은퇴 후의 삶을 생각하면서 살아야 했으니까요.

게임에 대한 사회적 인식이 낮다 보니 게임 개발자에 대한 시선도 당연히 곱지 않았습니다. 심지어 게임에 대한 마녀사냥이 제일 심할 때에는 '게임은 마약이다'라고 여겨졌기 때문에, 게임 개발자들은 자조적으로 '우리는 마약 제조자다'라는 말을 씁쓸하게 하곤 했죠. 그래서 당시 게임 개발자들 중 상당수가 이른 나이에 직업을 바꾸는 일도 굉장히 많았습니다. 실제로 '저는 게임 개발자가 되고 싶어요'라고 말하는 학생들에게, 대부분의 현업인들은 '꿈을 먹고 살 뿐인 직업입니다. 힘들기만 하고 미래가 없으니 다른 직업을 택하세요'란 조언을 해주었습니다. 그만큼 당시 게임 업계와 그 종사자들의 분위기는 우울하고 어둡기만 했습니다.

n백 대 1의
입사 경쟁률

그랬던 게임 산업이 이제는 화려하게 발전하고 성장했습니다. 규모가 커지고 유명해진 만큼, 이제는 게임 업계로 들어오기 위한 문턱도 매우 높아진 상태입니다. 「배틀그라운드」로 유명한 크래프톤의 2021년 신입 공채에는 무려 1,800명 남짓 지원자가 몰렸는데, 크래프톤의 전체 사원 규모가 1,200명 정도라는 걸 감안하면 굉장한 관심도와 경쟁률임을 알 수 있습니다. 물론 엔씨소프트, 넥슨, 넷마블, 스마일게이트와 같은 큰 기업들의 신입 공채 경쟁률

역시 포지션별로 몇십, 높게는 몇백 대 1 수준에 이릅니다. 웬만한 대기업이나 공기업 입사 경쟁률과 비슷해진 셈입니다.

예전의 게임 회사들은 인재를 채용하고 싶어도 채용박람회나 입사 설명회는 꿈도 꾸지 못했습니다. 회사들과 산업 전체의 규모가 그 정도의 채용을 감당할 수 없었기 때문이죠. 특히나 우수하고 검증된 인재들을 영입하려면 전적으로 인맥에 의존하거나 헤드헌팅을 통해야만 했습니다. 하지만 이제 채용박람회에서 게임 회사들의 부스에는 수백, 수천 명이 몰리고, 대학교들을 돌면서 개최하는 입사 설명회에는 길게 줄이 늘어섭니다.

게임 업계에 종사하는 사람으로서 이는 감격스러운 일입니다. 어려운 시절을 저와 함께해온 게임 산업의 위상이 사회적으로 달라졌음을 느낄 수 있으니까요. 그렇다 해도 제가 신입일 때와는 달리, 게임을 좋아하는 순수한 마음으로는 입사할 수 없는 세상이 되어버린 것은 조금 씁쓸하기도 합니다. 게임 산업이 첨단을 향해 고도화되어가는 만큼 어쩔 수 없다는 것은 알지만 말입니다.

취업의 문턱과
생존의 확률

　게임 산업을 둘러싼 세상이 많이 바뀌었음을 느끼게 하는 말이 "신입 개발자가 들어왔습니다"입니다. 예전에는 정말 게임 회사에서 일할 사람을 구하기 어려웠습니다. 게임 산업이 선망받는 일자리가 아니기 때문이었죠(오히려 기피 직종에 가까웠습니다). 그래서 일단 게임을 좋아하기만 하면 업계의 문을 두드릴 수 있을 정도로 인재난이 심했습니다. 당시 입사 지원자들의 자기소개서에 가장 많이 쓰여 있던 말 중 하나가 바로 '뭐든 시켜만 주시면 열심히 배우며 일하겠습니다'였습니다. 실제로도 대부분의 회사가(영업이익을 남기는 몇몇을 제외하면) '인재가 없으니 가르쳐서 키우고 일을 시킨다'란 마인드로 사람을 뽑았으니까요. 물론 대부분 완전한 기초부터 시작해야 했기 때문에 회사의 인적·시간적 리소스 낭비가 심했습니다.

　저 역시 예외는 아니었습니다. 게임을 죽을 만큼 좋아하고 글 쓰는 것 또한 좋아했지만, 제가 게임 시나리오 제작과 콘셉트 설정 업무를 할 수 있을 거라고는 대학 시절 내내 꿈에도 생각하지 못했습니다. 그런데 저를 게임 회사로

추천했던, 이미 게임 회사에서 일하고 있던 친구가 제게 입사를 권하며 말하길,

> 야, 우리 회사 다른 프로젝트에서 게임 좋아하고 글 잘 쓰는 사람 구하는 중인데 지원해봐. 너 게임 엄청 좋아하고 순서도 정도는 그릴 줄 알잖아? 딱이야.

라고 하더군요(정말 저렇게 말했습니다). 그때 반신반의하면서 계약직으로 들어간 게임 회사는 제게 정말 잘 맞았고, 그렇게 경력을 시작해 지금까지 이 업계에서 게임 시나리오 기획자 겸 디렉터로 일하고 있습니다.

당시 게임 회사는 조직 사회라는 느낌이 굉장히 옅었습니다. 게임 산업 자체가 아직 제대로 자리 잡지 못했기 때문인데, 좋게 말하면 무척 자유로운 분위기에서, 나쁘게 말하면 이렇다 할 체계 없이 개발하는 경우가 대부분이었습니다. 거기에 야근과 주말 출근이 일상이었던 만큼 출퇴근 시간도 제각각, 옷차림도 '여러 의미로' 자유분방했습니다. 어느 정도였냐면, 제가 처음 입사했던 회사가 돈을 많이 벌게 되어 강남역 사거리의 최신식 빌딩에 입주하자 같은 건물에 입주해 있던 다른 회사들로부터 '직원들 복

장이 너무 안 좋아서 건물의 품위가 떨어진다'라는 항의를 받기까지 할 정도였습니다.

　물론 입사가 쉽고 분위기가 자유분방한 만큼 분명한 단점도 있었습니다. 자기 계발을 하지 않고 나태하게 직장 생활을 할 경우, 발전 속도가 엄청나게 빠른 IT 산업과 게임 산업의 흐름을 따라가지 못해 쉽게 도태되고 낙오되는 일이 비일비재했습니다. 회사가 직원들을 체계적으로 성장시켜주지 못하다 보니, 스스로 꾸준히 노력하지 않았다면 어느 순간 다른 이들에 비해 멀찍이 뒤처져 있는 자신을 발견하고 마는 것이죠. 실제로 저와 비슷한 시기에 게임 회사 생활을 시작한 많은 지인들 중, 오랜 시간이 지난 지금까지 게임 업계에 남아 있는 비율은 그렇게 높지 않습니다.

야근 없는 세대

　하지만 이제 그런 것도 다 옛말입니다. 이제는 소위 굉장한 '하이 스펙'을 가진 인재들이 앞다투어 게임 회사 공채에 지원하면서 경쟁이 엄청나게 심해졌습니다. 심지어 이제는 게임에 대해 깊이 몰라도, 혹은 게임을 마니아 수준으로 즐기지 않아도 업계 입문을 희망하는 경우 역시 늘어났습니다. 회사가 커지고 게임 개발이 체계적인 프로세스로 이루어지면서 고용 안정성이 높아졌기 때문이죠. 취업의 문이 좁아진 대신 안정적으로 성장할 수 있게 된 셈입니다. 반면 예전처럼 자유분방하기보다는 조금 더 경직되고 수직적인 구조가 되어버린 것은 어쩔 수 없겠죠. 신입 직원들 대다수가 말쑥한 캐주얼 정장을 입고 다니는 풍경도 포함해서 말입니다.

사실 저와 같은 시니어 게임 개발자는 작금의 상황이 아직도 무척 얼떨떨합니다. 그래서 지금의 분위기를 당연한 것으로 생각하는 주니어 개발자들과 대화하다 보면 세대 차이를 느낄 때도 많습니다.

제가 회의에서 어떤 유명 게임의 시스템을 레퍼런스로 들면 간혹 주니어 개발자에게 '저는 그 게임을 잘 몰라서요'란 답을 듣습니다. 맨 처음에는 '아니, 이 게임을 안 해봤다고?'라고 생각하기도 했지만, 사실 그게 당연했습니다. 그 게임이 발매된 시기에 그 개발자는 아직 유치원에 다니고 있었으니까요.

그 외에도 제가 속한 프로젝트에서 적절한 프로세스하

에 모두의 좋은 협업으로, 별다른 초과근무 없이 마일스톤*을 마무리할 때도 세대별로 반응이 다릅니다. 주니어 개발자들은 그것을 대수롭지 않게 생각하는 반면, 과거 마감 때 야근과 주말 출근이 당연했던 시기를 보낸 저 같은 시니어 개발자들은 '정말 이래도 되나……?' 하며 찝찝함을 느끼거든요.

> ★
> 마일스톤
> milestone
> 프로젝트가 미리 정해놓은 일정에 따라 달성해야 하는 특정 성과나 지점.

3장 결국, 게임 회사도 회사다

성과와 평가,
회사원의 운명

게임 개발자는— 물론 개인마다 차이는 있겠지만— 기본적으로 즐거운 직업입니다. 무언가를 창조한다는 것은 긍정적인 에너지를 주는 일임이 분명하기 때문입니다.

다만 여기에 너무 집중한 나머지, 게임 회사도 '회사'라는 사실을 잊어버리는 분들이 게임 업계 지망생 중에 생각보다 많습니다. 마치 '게임 회사'에서 '게임'에만 집중한 느낌이라고 할까요? 바로 뒤에 '회사'가 붙어 있는데도 말입니다.

보통 '회사'라는 단어를 들었을 때 떠오르는 이미지에는 어떤 것이 있을까요? 팀장과 팀원, 상사와 함께 먹는 점심 짜장면과 그의 썰렁 개그, 첨예한 사내 정치와 대립, 인맥 관리 등, 많은 분이 비슷한 상상을 했으리라 짐작합니다.

게임 회사도 회사이기 때문에 이런 부분이 당연히 있습니다. '순한 맛'이긴 합니다만, 어쨌든 존재하는 것은 사실입니다. 심지어 다른 것들을 다 차치하더라도, 게임 개발을 통해 만든 결과물로 '성과'를 올려야 함은 자명하며 그로 인해 내 열정과는 상관없이 '평가'가 내려지기도 합니다. 내가 개발에 참여한 게임이 큰 매출을 올리고 유저들에게 사랑받으면 정말 좋겠지만, 안타깝게도 세상에 발매되는 수많은 게임들 중 '히트작'이 되는 것은 소수에 불과합니다. 즉 내가 개발하는 게임도 과정의 즐거움을 떠나서 좋지 않은 결과를 맞이하게 될 가능성이 높다는 뜻이죠. 낮은 성과는 대개 높은 평가로 이어지기 어렵고요. 나 혼자만의 힘으로는 어쩔 수 없는, 프로젝트나 조직과 함께해야 하는 회사원의 운명과도 같은 겁니다. 입사 전 품었던 게임 회사에 대한 환상 속엔 포함되지 않는 현실 속 모습입니다.

조직 사회와
스트레스

　회사원은 곧 조직원이기도 합니다. 회사 자체가 하나의 거대한 조직이죠. 굳이 회사 전체 구성원의 수를 셀 것 없이 제가 속한 조직만 보더라도 게임 개발자는 최소 수십명, 많게는 수백 명과 함께 어울려야 합니다. 게임 개발은 나만 잘하면 되는 게 아니며 '내 일'과 '남 일' 사이에 애매하게 걸쳐진, 일명 '그레이존gray zone'에 속한 업무가 많기 때문에 협업이 매우 중요합니다. 즉, 공유와 커뮤니케이션이 필수적이라는 얘기죠.

　커뮤니케이션은 결코 쉽지 않으며 어렵고 스트레스 쌓이는 일입니다. 그것도 사적인 관계가 아니라 '회사 동료'라는 공적인 관계에서라면 더더욱 말이죠. 문제는 스트레스가 커뮤니케이션뿐 아니라 굉장히 다양한 곳에서 발생한다는 점입니다. 상사와의 갈등, 협업 상대와의 어긋나는 방향성, 업무 과부하, 프로세스 누락 등등 스트레스를 유발하는 부정적인 상황이 회사에서는 매우 많이 일어납니다.

　경력이 긴 현업인 다수가 스스로 스트레스를 해결하거나 혹은 피하는 자신만의 노하우를 가지고 있지만, 그럼에

도 번아웃 증후군에 시달리는 비율이 적지 않습니다(정신
건강의학과를 다니는 이들도 꽤 됩니다). 그래서 남은 인생
동안 생계를 걱정하지 않아도 될 정도로 큰 성공을 이룬
현업인이라면 언뜻 회사의 높은 자리까지 올라가고 싶어
할 것 같아도, 생각보다 많은 수가 업계를 떠나거나 1인 개
발 혹은 인디 게임* 개발로 전환하곤 합니다. 물질적인 성

★
인디 게임
Indie Game,
Independent Game
자본의 간섭에
구애받지 않고, 자금
조달을 비롯해 개발자
스스로의 힘으로만
완성한 게임. 4장 참조.

공을 이미 이루었기 때문에 조직 사
회에 속했을 때 수반되는 스트레스
가 없는 인생을 살고 싶은 것이죠.

예술가는 순수예술가이건 대중
예술가이건 매우 피곤한 직업입니
다. 심지어 게임이라는 대중 예술은

대규모 제작 시스템을 요구하기 때문에 회사라는 조직 체
계가 필수입니다. 당연히 스트레스와 피로가 쌓일 수밖에
없는데, 업계에 입문하기 전이나 신입 때부터 이 부분을
잘 인지하고 조절해나간다면 훨씬 건강하고 바람직한 개
발을 할 수 있습니다.

화성에서 온 사업 팀,
금성에서 온 개발 팀

2016년, 제가 NDC Nexon Developers Conference라는 이름의 개발자 콘퍼런스에서 발표를 한 적이 있습니다. '화성에서 온 사업 팀, 금성에서 온 개발 팀'이란 제목의 이 강연은, 말 그대로 개발 조직과 사업 조직 사이에는 다른 행성에서 온 사람들만큼이나 큰 간극이 있다는 내용이었습니다.

익히 알려져 있는 것처럼 개발 조직은 자존심이 강하고 과정 중시형이며 감정적입니다. 또한 방어기제를 취하기 쉽습니다. 그에 반해 사업 조직은 자존심을 숨기고 목적 중시형이며 이성적입니다. 공격 기제를 취하기 쉽죠. 마치 고양이와 강아지의 차이와도 비슷한데, 저런 묘사가 어울릴 정도로 개발과 사업은 게임을 바라보는 관점도, 생각도 서로 다릅니다.

게임 회사에서는 개발 조직이 훨씬 더 중요한 것 아닌가요? 게임을 잘 만들어야 사업도 할 수 있는 거잖아요.

지망생들 사이에서 흔히 나오는 얘기이지만 반은 맞고 반은 틀렸습니다. 사업 조직의 능력이 출중하다 한들 언제나 '게임의 재미'가 기본이 되어야 합니다. 아무리 과자 포장지가 멋지고 사람들의 이목을 끌더라도 그 안의 과자가 맛 없으면 안 되는 것처럼요. 하지만 반대로, 아무리 과자가 맛있더라도 포장지가 형편없어서 사람들이 구입을 꺼린다면 어떨까요?

　　옛날에는 그저 게임을 재밌게, 잘 만들기만 하면 됐습니다. 하지만 지금의 게임 시장은 무척 복합적이고 거대합니다. 다양한 플랫폼에 맞는 론칭 전략, 각종 지표에 대한 데이터 마이닝(심화 분석), 마케팅 수단에 대한 결정 등등, 개발 조직에서 감당하기에는 굉장히 애매하거나 어려운 부분들이 다양하게 생겨난 거죠. 그래서 이제는 게임을 완성하는 데 (아주 작은 규모의 게임이나 인디 게임 등을 제외하면) 사업 조직의 참여는 필수 불가결하다고 볼 수 있습니다.

　　지금까지 게임을 만드는 데 있어서 사업 조직이 왜 필요한지에 대해 설명했습니다. 그런데 이것이 뭘 의미할까요? 바로 개발을 하면서 사업 조직과 갈등이 생길 수 있다는 것입니다.

어? 게임 개발 과정에 왜 사업 팀 의견이 들어오지?

신입 게임 개발자가 업계에 들어온 뒤 매우 당황하는 것 중 하나가 바로 이것입니다. 심지어 사업 조직의 파워가 센 회사에서는 아예 톱다운 형태로 지시가 내려오기도 하죠. 앞서 설명한 부분에 대한 깊은 이해가 없다면 이는 그저 자신의 업무를 방해하는 스트레스 요소가 됩니다(물론 이해한다 해도, 본인의 성향과 맞지 않는다면 당연히 스트레스가 수반됩니다).

게임 개발은 상상처럼 달콤하기만 한 것이 아닙니다. 그리고 그 어려움들 중에는 개발 바깥에서 오는 것들도 생각보다 크다는 점을 명심해야 합니다.

취미가 직업이 되었을 때
오는 것들

저는 굉장히 하드하고 코어한 헤비 게이머입니다. 하지만 그렇다고 세상의 모든 게임을 좋아하고 플레이 할 수는 없습니다. 물리적인 한계도 당연히 있지만, 누구나 그렇듯 제게도 취향이 있기 때문입니다. 저는 액션 게임과 공포 게임을 정말 못합니다. 특히 뛰어난 반사 신경과 함께 순간적인 대응력을 요구하는 게임이라면 정말 형편없는 실력을 자랑합니다. 하지만 세간에 화제가 되는 액션 게임이나 공포 게임은 (엉망으로 할지언정) 가능한 한 플레이 하려고 노력합니다. 게임 개발을 업으로 삼고 있으니까요. 물론 그 과정 자체는 괴롭지만, 그 게임이 왜 화제가 되었는지 분석하고 트렌드를 파악합니다. 평소 꾸준히 공부하지 않으면 더없이 빠른 IT 업계의 특성상 순식간에 뒤처질 수 있거든요.

　이렇듯 좋아하는 일이 직업이 된다는 것은 언뜻 매우 낭만적일 것 같아도, 힘든 점이 의외로 굉장히 많습니다. 시장에서 크게 성공한 어떤 게임이 내가 전에 개발했던(그리고 실패했던), 혹은 지금 개발 중인 게임보다 못나고 보잘것없어 보여서 생겨나는 시기심 따위의 부정적인 감정들도 감내해야 하고, 개발자로서 내가 특화된 분야의 게임(가령 게임 시나리오 기획자의 경우 시나리오의 스케일이 큰 대작 게임)을 더 이상 순수하게 즐기며 플레이 하기도 힘들어집니다.

최근 몇 년 사이 게임 업계가 메이저로 부상하면서 게임 개발 커뮤니티에 이런 질문 글이 자주 올라옵니다.

　　지금 ○○ 직업에 종사하고 있지만 게임을 너무 좋아해서 게임 개발을 해보고 싶습니다. 지금 나이가 ××세인데, 도전하기에 늦지 않았을까요?

　물론 질문자도 많이 고민한 끝에 올린 글이겠지만, 저를 포함한 현업인 대부분의 대답은 한결같습니다. '이미 안정적인 직업이 있으시다면, 게임은 되도록 취미로 즐기시는 게 더 좋습니다. 정말 게임을 만들고 싶어 죽을 지경이 아니라면 재고해보세요'라고 말이죠.

4장 게임이라는 대중 예술

게임이라는 스토리텔링 플랫폼의
치명적 매력

그렇다면 왜 게임이 21세기 자본주의 사회에서 어마어마하게 커진 걸까요? 그냥 중독적 재미가 있으니까 빠져들기 쉬워서? 스마트폰의 발달로 바쁜 일상 속에서 조금씩 즐기기 좋아서? 물론 여러 가지가 있겠지만 이들 모두 근본적인 답은 아닙니다. 제가 내리는 답은 바로 '스토리텔링 플랫폼으로 큰 발전을 이루어서'입니다.

게임 역시 스토리(업계에서는 '시나리오'라고 부릅니다)를 담고 있습니다. 다만 10~15년 전까지만 해도 게임의 스토리 전달은 기존 스토리텔링 매체인 영화나 애니메이션 등과 크게 다를 바 없었습니다. 단선적인 전달이었던 거죠. 플롯(게임 진행도)에 따라 유저 스스로 그 타이밍을 조절해서 볼 수 있다는 차이 정도만 존재할 뿐이었습니다. 그렇다 보니 게임이란 플랫폼은 지금처럼 각광받지 못했습니다.

그런데 변화가 일어났습니다. PC, 콘솔, 스마트폰 등에서 비약적인 기술 발전이 일어나면서 이전까지는 기술적 한계에 맞춰야만 했던 게임 속 스토리텔링이 자유의 날개를 달게 된 것입니다. 세월이 흘러도 여전히 스토리의 일방향적인 전달이 주류인 영화나 애니메이션, 드라마 등과는 달리, 게임이 스토리를 전달하는 방식은 기상천외하게 다변화하기 시작했습니다.

몇 가지만 예를 들어볼까요? 게임 속 세상과 어떻게 교류하는지에 따라 주인공의 서사시와 결말까지 바뀌는가 하면(「디비니티—오리지널 신 2Divinity: Original Sin 2」) 인간의 내면과 인격, 사고를 직접 구현해 주인공이 내리는 모든 선택이 게임 속 세상에서 전혀 상반된 결과를 불러오게끔 합니다(「디스코 엘리시움Disco Elysium」). 심지어 별다른 텍스트나 시나리오 묘사 없이, 캐릭터들과 단순한 연출

만으로 감성적인 내러티브를 전달하고요(「모뉴먼트 밸리 Monument Valley」).

스토리텔링 플랫폼으로서 새로운 차원을 열며 게임은 산업 전체에 다양한 형태로 영향을 끼치기 시작했습니다. 옛날에는 유명 영화나 드라마가 게임으로 만들어졌지만 이제는 게임이 유명해지면서 드라마로 만들어지고〔「워크래프트―전쟁의 서막」(2016)이나 「명탐정 피카츄」(2019), 「슈퍼소닉 2」(2022), 「언차티드」(2022) 같은 영화들은 실로 어마어마한 흥행을 기록했습니다〕, 게임을 잘하는 e스포츠 스타는 어린이들의 우상이 되었죠. 게임을 플레이 하지 않지만 게임 콘텐츠는 궁금한 사람들 사이에서 게임 스트리머*들이 큰 인기를 얻기도 합니다.

게임이 이렇게 진화하자 선진국들은 발 빠르게 게임을 '종합 예술'로 인정하거나 지정하기 시작했습니다. '재미'라는 요소 하나로 정의할 수 없을 만큼 입체적인 측면을 갖고 있는 데다 사회적 파급력이 무시 못 할 정도로 성장하고 있기 때문입니다.

이 흐름을 이해하지 못하는 분들이 이해하기 쉽도록 설

> ★
> 게임 스트리머
> Game Streamer
> 유튜브나 트위치 등의 인터넷 채널을 통해, 자신이 게임 하는 것을 방송하는 사람.

명해볼까요? 지금 게임에 열광하는 세대는 과거 영화관에서 사람들이 받은 충격과 감동을 게임에서 똑같이 받고 있다고 보면 됩니다.

대중 예술과
순수예술

'과거 한국에서 게임은 만악의 근원이었다'라고 1장에서 이야기했습니다. 그런데 이는 세계사적 관점으로 보면 새삼스러운 일은 아닙니다. 중세에 인쇄술이 발달하면서 책이 대중적으로 보급되자 당시 사회 지도층은 '책이 사람들의 정신을 빼앗는다'란 이유로 책 읽는 것을 엄격히 제한했습니다. 100여 년 전 영화가 처음 나왔을 때도 상황은 비슷했습니다. 영화를 아예 예술로 치지도 않았죠. 물론 어엿한 예술의 매체인 책과 영화에 대해 오늘날 저렇게 말하는 사람은 아무도 없습니다.

'역사는 되풀이된다'라는 말이 있습니다. 게임도 책, 영화와 마찬가지입니다. 게임 역시 이제 예술의 경지에 점점 접어들고 있는 것입니다.

다만 확실히 하고 싶은 것은, 게임은 어디까지나 '대중 예술'이라는 점입니다. 즉 예술은 예술이되, 대중의 취향에서 너무 벗어나면 안 되며 대중의 평가를 신경 써야 한다는 뜻입니다. 대중 예술은 단어 그대로 대중에게 사랑받아야 그 가치가 입증되는 것입니다. 물론 고유한 것을 찾아가는 개발자 정신은 중요합니다. 하지만 그 과정에서 대중이 고려되지 않는다면 결과물은 당연히 대중에게 외면받게 되고, 그렇다면 대중 예술이자 상품으로서의 가치는 사실상 없는 것이나 마찬가지란 이야기입니다.

위대한 예술가로 추앙받는 음악가 모차르트나 화가 벨라스케스도 철저히 대중 예술을 하던 사람들이었습니다. 그 시대에는 음악과 미술을 즐기던 대중이 왕족과 귀족이었기 때문에, 말 그대로 궁정 음악가와 궁정 화가로서 그들의 입맛을 만족시키는 범위 내에서 최대한의 예술적 결과물을 만들어낸 것이죠.

순수예술이 나쁘다는 것이 아닙니다. 존재 자체로 세상의 패러다임을 바꿔나가는 순수예술은 충분히 위대합니다. 다만 대중을 고려하지 않았기 때문에 순수예술가들은 대부분 가난하고 배고팠으며, 세월이 한참 지나거나 사후에야 높은 평가를 받기 일쑤였습니다.

게임도 '인디 게임'이라면 얘기가 다릅니다. 인디 게임은 상업성을 거의 고려하지 않은, 말 그대로 '대중이 어떻게 반응하든 이 게임만의 고유한 가치를 추구하겠어'란 정신으로 만든 게임입니다. 그렇기에 소재나 주제의 선택도 자유롭고 형태도 파격적인 경우가 많습니다. 다만 극히 드문 예외를 제외하면 상업적인 이익을 얻기 어렵습니다.

이렇듯 게임 역시 대중 예술과 순수예술의 구분에서 자유롭지 않습니다. 그런데 산업이 성숙해서 두 영역이 잘 구분된 책이나 영화와는 달리, 게임의 경우 이 두 가지를 함께 가져가려는 모순이 지망생들 사이에서 간혹 보이곤 합니다.

무작정 대중의 취향에 맞춘 것을 정말 '재미있는 게임'이라고 할 수 있을까? 내가 생각하는 게임의 핵심 재미는 정말 순수하고 중요한 가치라고! 그런 만큼 크게 성공해서 이 재미를 널리 알리고 싶어!

이 말은 앞뒤가 맞지 않습니다. 대중의 취향과 트렌드를 고려하지 않았다면 그것은 순수예술입니다. 그리고 앞서 말했듯 순수예술은 상업적 결과를 만들기 매우 어렵습니다. 그렇다면 내가 만든 게임이 팔리지 않았을 때 '아직 세상이 날 몰라주는구나'라고 생각할 수는 있을지언정, '왜 세상은 이런 걸 몰라보지? 제대로 된 가치를 왜 모르지?'라며 분노해서는 안 된다는 것입니다. 처음부터 대중 예술을 한 게 아니었으니까요.

대중 예술과 순수예술에 위아래는 없습니다. 하지만 확실한 점은, 각자의 정체성과 영역은 물론 예술 활동의 결과물도 서로 완전히 다르다는 것입니다. 게임 역시 이 프레임에 속해 있기 때문에, 대중 예술과 순수예술의 구분을 인지하면서 내가 가져가고 싶은 가치는 어느 쪽에 있는지를 확실히 해야 합니다.

게임은 상품이다

순수예술 정신에 입각해서 만든 인디 게임이 아니라면 게임은 '상품product'입니다. 대중에게 팔려야 그 가치가 입증되고, 그러면서 많은 사랑을 얻게 되는 것이니까요. 다만 상품으로서 게임이 갖는 두 가지 핵심 가치인 '고유 재미'(핵심 재미)와 '상업성' 중 어느 쪽을 더 중요시할지

★
제프 쿤스
Jeff Koons
'가장 비싼
현대미술가'라는
별명을 가지고 있는
예술가. 유치함과
예술성 사이를
아슬아슬하게 오간다는
평을 받는다.

★★
데이미언 허스트
Damien Hirst
'죽음'을 예술적으로
승화시킨다는 평을
받는 예술가. 작품마다
어마어마한 가격이
매겨지는 동시에
논란을 불러온다.

는 영원한 논쟁거리입니다. 제프 쿤스*와 데이미언 허스트**의 예술 작품들에 대한 논란처럼, 게임이라는 대중 예술을 어떻게 해석할지에 대해서 개발자마다 의견이 분분하거든요. 하지만 두 가지 중 어느 한쪽만을 추구했을 때 문제가 생긴다는 것 하나는 확실합니다.

무엇보다 회사는 이윤을 창출해야 하는 집단입니다. 이윤이 없다면 유지 자체가 불가능하니까요. 그 이윤은 상품을 내다 파는 것에서 발생합니다. 게임 회사도 마찬가지입니다. 게임으로 이윤을 내지 못하면 직원들에게 급여를 줄 수 없습니다. 그렇기 때문에 게임을 만들 때 '재미'는 고려해야 할 핵심 가치가 맞지만, 그렇다고 상업성을 무시해도 될 만큼의 절대적 가치는 될 수 없습니다. '고유 재미만 잡으면 상업성도 자연스레 따라온다'라는 말 역시 주의해서 받아들여야 합니다. 예를 들어 게임의 로직이나 룰 자체는 재미있지만 그래픽이 철저히 대중의 취향과 멀다면, 그 게임은 상업적 성공을 이룰 수 있을까요? 언뜻 보기에 세상에는 고유 재미를 잡는 데 성공해서 많이 팔린 게임들이 꽤 있는 것 같아도, 그 안에는 상업성에 대한 저마다의 치열한 고민이 숨어 있습니다.

그렇다고 상업성만을 우선시할지도 쟁점입니다. 그중에는 '패스트 세컨드fast second' 전략이 있겠네요. 패스트 세컨드 전략이란, 시장에서 먼저 성공한 상품을 재빨리 따라서 내놓는 것을 뜻합니다. 'O사'의 초코 파이가 히트를 치자 'L사'와 'C사'에서도 초코 파이를 내놓는 것이 그 예입니다. 이제는 게임 업계에서도 이 전략이 매우 흔해졌는데요, 게임의 고유성과 핵심 가치를 중시하는 게이머와 개발자 들은 이를 매우 싫어하는 경향이 강해서 언제나 뜨거운 논쟁을 벌입니다.

실제 개발 현장에서도 게임을 어디까지 상품으로 볼 것인지에 대한 시각 차이가 존재합니다. 경영진과 실무진은 물론, 사업 조직과 개발 조직 간에서, 심지어 개발 조직 내에서도 이에 대한 가치 충돌이 빈번하게 일어납니다.

어느 쪽이 무조건 맞는 것도 아니고, 틀린 것도 아닙니다. 절대적인 정답은 존재하지 않습니다. 다만 분명히 인정해야 할 것은, 게임도 마찬가지로 자본주의 시장에서 거래되는 상품인 이상 이 프레임 안에서 자유로울 수 없다는 사실입니다. 앞서 언급한 패스트 세컨드 전략도 포함해서 말이죠.

김규만

18년 차 사업PM
넥슨코리아

"눈에 보이는 것부터 하나씩 찾아가요"

Q. 사업PM으로서 어떤 일을 하고 계시나요?

2020년 6월까지는 사업PM(프로젝트 매니저)이자 사업 조직의 리더로 있으면서 라이브 서비스 중인 게임의 운용과 매출 실적 관리, BM* 설계 업무를 주로 담당했습니다. 그 밖에도 부수적으로 경쟁 게임 분석과 모니터링, 트렌드 분석 등 게임을 서비스하는 데 필요한 다양한 영역의 시장 조사를 진행했고요. 현재는 사업PM의 경험을 바탕으로 개발 조직을 지원하는 아웃소싱 팀장으로서, 아트 아웃소싱 PM 관리 및

> ★
> BM
> Business Model
> 비즈니스 모델.
> 어떤 게임이 갖고
> 있는 매출 수단을
> 일컫는다.

검수 매니저 관리 업무까지 담당하고 있습니다.

Q. 아니, 사업PM으로 섭외한 건데 그사이 담당 업무가 엄청나게 늘었군요!(웃음) 그렇다면 사업PM을 본인 스스로는 어떻게 정의하고 있나요?

게임 개발자가 무에서 유의 재미를 만들어낸다면, 사업PM은 그 게임이 오래 유지될 수 있는 발판을 만들고(마케팅) 유지력을 형성시키는(운영/서비스) 역할을 한다고 볼 수 있습니다.

사업PM은 게임을 시장에 내보내기 위해 필요한 'A부터 Z까지'를 실행합니다. 아무리 재밌고 잘 만든 게임이라도 시장 성과는 사업PM의 역량에 크게 좌우된다고 할 정도로, 현재의 게임 시장에서는 이 포지션이 매우 중요하죠.

다양한 분야의 기술적 이해도를 높이기 위해 끊임없이 학습, 성장할 수 있다는 점이 사업PM의 매력입니다. 사업 영역으로 한정되지 않고 마케팅, 운영, 인프라, 마켓 등 다양한 영역을 이해해서 이를 바탕으로 프로젝트(게임)가 시장에 안착할 수 있도록 전략을 짜야 합니다.

한마디로 사업PM의 업무는 '버라이어티하다'라고 할 수 있겠습니다. 업무가 규칙적이지 않고 시시각각 변하는 만큼 거기에 대응할 수 있는 노력이 꾸준히 필요합니다.

Q. "현재의 게임 시장"이라고 말씀하셨는데, 사업PM으로서 커리어를 시작한 18년 전과 지금은 어떤 점이 다를까요?

너무 많아진 제 나이?(웃음) 정말 많이 바뀌었죠. 예전에는 "전자오락이나 팔아서 사람 구실 하겠냐"라는 힐난을 왕왕 들었습니다. 하지만 이제는 그렇게 말하는 사람이 거의 없어요. 엔터테인먼트 분야의 한 축으로 당당하게 인정받았으니까요.

근무 환경과 처우가 개선된 것도 꼽을 수 있겠네요. 초기엔 열악하기도 했거니와, 노동자의 권익을 보장해주는 회사도 드물었죠. 초과근무나 야근이 당연한 일상일 정도였으니까요. 그렇지만 최근 수년간 대기업을 중심으로 포괄임금제 폐지, 탄력근무제 도입 등을 통해 워라밸을 경험하고 있습니다. 그래서 더 많은 인재들이 게임 회사의 문을 두드리고 있다고 생각합니다.

Q. 이번에는 김규만 님의 사업PM 커리어에서 뺄 수 없는 「로스트사가」 이야기를 해보죠.

「로스트사가」는 제가 아이오 엔터테인먼트 재직 중에 담당한 게임입니다. 사업PM으로서 제 커리어가 형성되는 데 큰 기여를 했죠. 동시 접속자 수가 3천 수준이던 게임을 한국 2만 명, 인도네시아 10만 명까지 성장시키면서 저도 사업PM 역량을 함께 키워나갈 수 있었습니다. 다양한 시도와

도전이 성과로 이어진 귀중한 경험이었어요.

어떻게 좋은 성과를 냈는지 생각해보면, 이 게임은 다른 회사들의 IP를 활용한 캐릭터 업데이트 전략이 통했다고 생각해요. 「킹 오브 파이터즈」로 잘 알려진 일본의 SNK나 「메이플스토리」「카트라이더」 등을 성공시킨 한국의 넥슨 코리아처럼 유명한 IP 홀더와 캐릭터 제휴를 적극적으로 진행했고, '캐릭터를 판매하는 것'이 핵심인 BM을 완성했습니다.

Q. 흥미로운 이야기네요. 그 외에 혹시 특별히 자랑스럽게 여기는 프로젝트가 있나요?

넥슨코리아에서 론칭 한 「삼국지 조조전 온라인」이 있습니다. 일본의 코에이가 갖고 있는 「삼국지 조조전」 IP를 모바일에 이식하는 프로젝트였는데, 기존 모바일 게임에는 없던 새로운 BM과 라이브 서비스 운영 방식을 도입해 좋은 성과를 달성했죠.

이 게임은 과거 제가 실패한 경험이 세월이 흘러 다시 빛을 본 경우입니다. 10여 년 전, 메인 사업PM으로 코에이와 「삼국지 Online」이란 프로젝트를 진행하다 론칭 직전에 좌초된 아픈 경험이 있어요. 그렇지만 10년 후에는 당시 코에이 측 담당자들이 회사 중역이 되었죠. 덕분에 「삼국지 조조전 온라인」 프로젝트를 성공적으로 이끄는 데 큰 도움이 되었습니다. 비록 실패로 귀결되더라도, 그 순간 최선을 다했다면 언젠가 반드시 보답으로 돌아온다는 깨달음을 얻었어요.

Q. 지금 이렇게 개발자와 인터뷰를 하고 계시지만, 솔직히 평소 개발 조직과 일하면서 답답했던 적이 많으실 텐데요.

이 주제로 콘퍼런스에서 직접 발표하신 적도 있지 않나요?(웃음) 개발자의 언어와 사업PM의 언어가 달라서 종종 커뮤니케이션에 어려움을 느끼는 게 사실이죠. 저만의 노하우라고 하기엔 뭣하지만, 저는 제일 먼저 개발 조직 안에서 사업의 언어를 이해해주는 사람을 찾습니다. 아, 말하고 보니 최영근 님이 그런 사람이군요.(웃음)

만일 찾을 수 없다면 사업PM 스스로 개발자의 언어에 익숙해져야죠. 그러기 위해 저는 개발자처럼 생각하는 방식을 배웠습니다. 왜 그들이 못 한다고 하는지, 안 되는 이유가 무엇인지를 파악하려 했습니다. 원인을 찾아 '어떻게' 하면 될지 함께 돌파구를 찾아냅니다. 서로의 언어를 이해하기 위해서는 일심동체 수준의 상호 이해가 필요하다고 생각해요.

그런 과정을 통해 사업PM으로서 실력을 인정받고 개발 조직의 신뢰를 얻는다면, 안 되던 일도 되는 일로 만들어 오고 못 하는 게 없는 적극적인 개발 조직의 모습을 볼 수 있을지도 모릅니다.

Q. 듣다 보니 제 마음이 많이 켕기는데요.(웃음) 혹시 게임 업계에서 일하고 싶은 지망생분들을 위해 해주실 수 있는 조언이 있을까요?

지금은 게임 업계 입성을 위한 경쟁이 정말 치열합니다. 솔직히 어떤 것부터 해야 할지 막막하기만 할 겁니다. 하지만 그럴수록 막연히 게임 회사에 가고 싶다는 꿈을 꾸기보다는, 게임 회사에서 어떤 직무를 하고 싶은지 결정하는 것이 먼저입니다. 그리고 그 직무를 위해 필요한 점이 무엇인지 고민해보고 관련 지식을 쌓는 일부터 시작해야 하고요.

큰 규모의 회사들은 매년 신입 공채 프로그램도 운영하고 있고, 학교/학원과 연계한 인턴십 프로그램도 운영합니다. 다양한 기회를 통해 '게임 회사의 일'을 체험, 경험해보는 것도 좋은 방법입니다.

처음부터 큰 회사, 좋은 회사에 갈 수 있다면 좋겠지만 모두 그럴 수 있는 상황은 아니죠. 스타트업, 중소 규모의 회사에서 업무를 배우고 성장해서 더 좋은 회사의 문을 두드리는 것도 방법일 수 있으니 도전을 포기하지 말고 꾸준히 노력하셨으면 좋겠습니다.

Q. 끝으로, 그중에서도 사업PM을 꿈꾸는 분들에게 해주고 싶은 조언이 있다면?

좋은 말을 이미 다 해버린 것 같은데……(웃음) 사업PM은 게임 관련 직무 중에서 가장 신입을 뽑지 않는 편입니다. 그래서 사업PM이 되기 위해 무엇을 하면 좋을지 더더욱 알기 힘들죠.

시작은 분석해보는 것이 아닐까 싶습니다. 게임 하나를 사전 마케팅 단계부터 론칭까지 잘 체크하고 서비스 기간 동안 세심히 플레이 해보면서 각 단계마다 어떤 일들이 있었는지 최대한 구체적으로 정리해보면 도움이 될 거라 생각합니다. 기획자들이 역기획서로 자신의 포트폴리오를 만드는 것처럼, '역'사업 계획(마일스톤)을 작성해본다면 사업PM이 어떤 일을 하는지 조금은 감 잡을 수 있지 않을까 싶습니다. 매니지먼트에 관한 자료를 참고하고 '마케팅 이론' '마케팅 기법' 등에 관한 아티클을 많이 접해보는 것도 좋겠네요.

막연함이 더 크겠지만, 눈에 보이는 것부터 하나씩 찾아가는 것이 중요합니다. 게임을 많이 플레이 해보면서 그 게임의 구조와 BM을 분석하고, 이 게임이 어느 정도의 수익을 발생시킬지 예측해보는 것도 도움이 될 거예요.

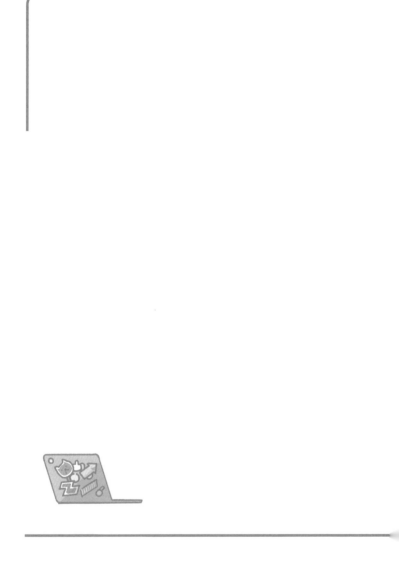

2부
게임 기획자의 업무

우리가 막연히 알고 있는 게임 개발이란

구체적으로 어떤 개념일까?

그 안에서 게임 기획자는 어떤 역할을 맡고 있을까?

5장 즐기는 것과 만드는 것의 차이

그걸 어떻게 게임으로 만들까

운전을 좋아하는 것과 자동차를 디자인하는 일은 완전히 다릅니다. 그리고 보통은 운전을 좋아하는 사람 스스로 자동차를 디자인할 수 있을 거라고 생각하지 않습니다. 그런데 이상하게도 게임을 좋아하는 사람들 가운데에는 게임을 만들 수 있다고 생각하는 경우가 많습니다. 자동차와 마찬가지로, 게임을 좋아하는 것과 게임을 만드는 일은 완전히 다른데 말이죠.

게임을 좋아한다며 직접 만들 수 있다고 생각하는 분들 중 대다수는 본인에게 '기막힌 아이디어'가 있다고 말합니다. 하지만 과연 그럴까요? '어떻게'에 해당하는 '구체화'가 없다면 그 아이디어는 그저 공상에 불과합니다.

특히나 게임 시나리오를 쓰는 일은 게임 개발 안에서도 유독 쉽게 생각되는 경향이 강합니다. 예를 한번 들어보겠습니다.

> **A** 야, 들어봐. 나한테 기가 막힌 게임 스토리 아이디어가 있어. 이러이러해서 이러이러한 이야기야. 어때, 기발하지 않아?
>
> **B** 그렇구나. 근데 그걸 '어떻게' 게임으로 만들어?
>
> **A** 음…… 내 머릿속엔 있는데…… 프로그래머인 너한테 내가 잘 설명해볼 테니까 만들어줄래?

이것은 명백히 공상입니다. 현실화할 수 없기 때문이죠.

게임 기획자는 '구체적인 작업 명세를 기획하는 사람'입니다. 위 대화에서 A의 아이디어가 실체를 갖추려면 먼저 명세화한 문서가 도출되어야 합니다. 단순히 본인의 아이디어를 줄글로 적은 문서는 의미가 없습니다.

게임 업계가 '게임 시나리오 기획자' 직무에 대해 제대로 인식하기 전에는 그저 '스토리(를 쓸 수 있는) 작가'면다 되는 줄 알았습니다. 그래서 영화 시나리오 작가나 소설가, 뮤지컬 대본 작가를 채용하는 경우가 많았는데, 대다수가 제대로 된 결과물을 내지 못했습니다. 비록 이들이 시놉시스와 플롯은 짤 수 있었을지언정 그것이 어떻게 게임에 적용될 수 있을지 전혀 몰랐기 때문입니다.

좀더 구체적인 예시를 들어보겠습니다. 여기 소설가와 편집자가 대화를 나누고 있습니다.

> **편집자** 이다음 전개는 어떻게 되나요?
>
> **소설가** 드래곤이 요동치면서 동굴이 무너지고, 주인공이 갇히게 돼요.
>
> **편집자** 오 그렇군요. 재미있겠네요. 잘 묘사해주세요.

소설가와 편집자의 대화는 여기서 끝입니다(물론 앞으로의 전개에 대한 피드백은 계속 주고받습니다). 이제 동일한 내용에 대한 게임 개발 팀의 대화를 보겠습니다.

> **게임 시나리오 기획자** 드래곤이 요동치면서 동굴이 무너지고, 주인공이 갇히는 연출입니다.
>
> **프로그래머** 무너지는 연출은 실시간인가요?

게임 시나리오 기획자 어떤 차이가 있나요?

프로그래머 실시간이라면 현재 주인공들이 입은 옷과 장비가 영상에 반영되며, 연출 안에서도 조작 가능합니다. 대신 개발에 최소 2주 정도가 소요됩니다.

게임 시나리오 기획자 비非실시간이라면요?

프로그래머 이번 주 내로 개발 가능합니다. 다만 모든 유저들이 자신의 캐릭터가 어떤 모습이건 간에 똑같이 보이고, 단순 영상과 크게 다르지 않습니다.

그래픽 디자이너 배경 애니메이션 연출은 디테일에 따라 1주에서 3주까지 걸립니다. 디테일 정도는 별도 협의가 필요합니다.

개발 팀의 대화는 이제부터 시작입니다. 그 후로도 수많은 조율과 협의 그리고 문서들이 필요합니다.

게임 시나리오는 그것이 구현될 게임 시스템이나 개발 환경을 철저히 반영해야 합니다. 그러려면 게임 시나리오 기획자 역시 해당 부분을 파악한 다음, 문서에 반영해야 합니다. 게임 업계 바깥의 사람들이 상상하듯 단순히 스토리 플롯이나 시놉시스와 같은 '줄글 문서'가 아니라는 얘기입니다.

플레이가 즐겁다고
만드는 것도 즐겁다는 법은 없다

앞서 3장에서는 취미가 직업이 되었을 때 힘든 점도 많다는 이야기를 했습니다. 드래곤이 요동치면서 동굴이 무너져 내리는 가운데 내 캐릭터들을 조작해 위기를 벗어나는 게임 속 경험은 매우 흥미진진하지만, 그것을 실제로 만드는 일은 엄연한 현실이며 고통의 연속입니다.

프로젝트의 데드라인은 정해져 있는 상황에서 결과물들은 버그투성이고, 아트 리소스는 아직 반도 나오지 못했습니다. 유저들에게 감동을 주기 위한 최소한의 장치 정도는 삽입하고 싶지만 현재 일정상 신규 시스템은 추가할 엄두가 나지 않는 상황입니다. 디렉터와 파트장은 마일스톤으로 첨예하게 대립하고, 메일함에는 수정 요청 메일이 쌓여만 가며 회의는 끝나지 않습니다. 창밖은 깜깜해진 지 오래입니다. 이런 매일매일이 지속되는 상황에서 '넌 좋겠다, 회사에서 게임만 하면 되잖아'라든지, '나한테 좋은 아이디어 있는데, 너한테 얘기하면 만들 수 있냐?' 같은 얘기를 들으면 울화통이 터집니다.

물론 저런 위기를 모두 극복하고 게임이 무사히 론칭 한다면 그보다 기쁜 일이 없습니다. 심지어 극히 낮은 확률을 뚫고 성공하기까지 했을 때 그 기쁨은 배가 됩니다. 재미있다는 유저들의 평에는 가슴이 벅차오릅니다.

이 이야기를 통해 강조하고 싶은 것은, 게임을 만드는 것 역시 일이라는 사실입니다. 당연히 그 안에는 기복이 있고 감내할 것도 많습니다. 밝은 쪽만큼이나 어두운 쪽도 분명히 감안해야겠죠.

> 난 게임 좋아하고 이야기 만드는 거 좋아하니까 게임 시나리오 기획자가 되어야지!

이런 결심과 꿈 자체는 훌륭한 동기부여가 맞습니다. 하지만 꿈을 현실로 만들기 위해서는 좋아하는 것만으로는 부족합니다. 일을 하려면 여러 준비가 필요하다는 사실을 분명히 인식합시다.

6장 시작은 시스템과 장르에 대한 이해부터

역할은 달라도 알아야 할 것들

여기, 어느 큰 레스토랑의 주방이 있습니다. 이 주방 안에는 여러 셰프들이 함께 근무하며 요리를 만듭니다. 이 셰프들은 저마다 맡은 역할이 다릅니다. 전채 요리 담당, 디저트 담당, 생선 요리 담당, 고기 요리 담당 등, 서로 다른 영역에서 자신들의 솜씨를 뽐냅니다. 물론 이런 시니어급 셰프들 외에도 재료 손질 담당, 육수 담당, 설거지 담당 등의 주니어 셰프들이 있습니다. 다만 여기서 주목할 점은, 생선 요리 담당 셰프라고 해서 디저트를 만들 줄 모르는 게 아니라는 것입니다. 디저트 담당 셰프 역시 육수를

낼 수 있습니다. 즉 주방 내에서 맡은 역할은 다르지만, 기본적으로 서로의 분야에 대한 기본 지식은 다들 가지고 있다는 얘기입니다. 당연합니다. 그게 요리이고, 셰프란 직업이니까요. 이 주방을 총괄하는 마스터 셰프는 더 말할 것도 없습니다.

게임 시나리오 기획자 역시 마찬가지입니다. '게임 기획'이란 주방에 있기 때문에, 게임 기획 직군 내 다른 직무(시스템 기획, 밸런싱 기획, 콘텐츠 기획, 레벨 디자인 기획 등)에 대한 최소한의 기본 지식을 가지고 있어야 합니다. 재료 손질을 모르는 전채 요리 셰프가 있을 수 없듯, 게임 시스템을 이해하지 못하는 게임 시나리오 기획자는 있을 수 없습니다. 즉, 이를 위한 공부가 필요하다는 이야기입니다.

다음은 흔히들 생각하는 게임 시나리오 문서의 형태입니다.

A 나는 여행을 떠날 거야!

B 좋아! 나도 함께할게!

(화면 암전)

(화면 밝아진 후 마을 항구 모습)

A 이제 뱃삯을 마련해볼까?

B 길드로 가보자! 일거리가 있을 거야!

그리고 이것이 실제 게임 시나리오 문서입니다.

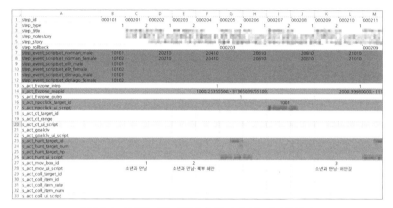

그림6-1. 실제로 게임 제작에 쓰인 시나리오 테이블 문서

물론 그 성격에 따라 줄글 형태로 된 문서도 분명히 있습니다. 하지만 그 문서 역시 단순히 아이디어를 담은 게 아니라 앞에서 본 것처럼 구체화·명세화를 염두에 두고 쓰인 것입니다. 즉, 현업 게임 시나리오 기획자들은 게임의 '서버'와 '클라이언트'가 기본적으로 담당하는 역할, 현

재 내가 속한 프로젝트에서 게임 내 리소스가 출력되는 방식, 현재 프로젝트의 개발 빌드가 구현했거나 앞으로 구현할 수 있는 연출 관련 기능 등을 모두 인지하고 있습니다.

이 업계에 들어오고 싶은 지망생분들도 이 부분을 명확히 파악해서, 그에 걸맞은 공부를 반드시 하셔야 합니다.

달콤한 상상의 나래는
극히 일부

'게임 시나리오는 절대 줄글로만 될 수 없다'란 말을 실제 현장에서 통용되는 개념에 맞춰 좀더 설명해보겠습니다. 어떤 게임의 시나리오를 쓴다고 할 때, 사전에 감안할 것은 대략 다음과 같습니다.

- 지금 우리 프로젝트(게임)의 장르는?
- 플랫폼은?
- 타깃 유저층은?
- 목표하는 유저 경험은?
- 콘텐츠 전개 방식은?

- 기타 등등

위 사항들에 맞춰서 작업에 들어간다고 할 때, 실제로 해야 하는 일은 다음과 같습니다.

- 시나리오는 위 사항들에 맞춰 작업되었는가?(일반적인 '게임 시나리오 작업'에 해당합니다.)
- 데이터 구조는 위 사항들에 맞춰 프로그래머와 협의되었는가?
- 스토리 콘텐츠의 보상 내역은 위 사항들에 따라 밸런싱 기획자와 협의되었는가?
- 아트 리소스는 목표에 맞게 담당 그래픽 디자이너 혹은 PM과 협의되었는가?
- 위 사항들에 맞춰 나온 작업물들에 대한 검수가 끝났는가? 또는 QA 팀에서 미리 알고 있어야 하는 TC*는 정리됐는가?
- 기타 등등

> ★
> TC
> Test Case
> 구현되어 동작하는 게임 내 기능을 어떤 형태로 테스트해야 하는지 예상해 적는 문서.

앞에서 나열한 작업들은 실제 게임 시나리오 기획자의 작업 중 일부분입니다(참고로 여기서 '협의'란 문서 전달, 회의, 가벼운 대화 등 모든 커뮤니케이션 수단을 통해 이루어집니다). '드래곤이 요동치자 동굴이 무너지면서 주인공 일행이 위기에 빠졌다'라는 한 줄의 문장을 소설과 만화는 각기 글과 그림만으로도 충분히 독자들에게 전달할 수 있지만, 거대 집단의 작업물이자 유저로 하여금 콘텐츠를 직접 체험시켜야 하는 게임은 이렇듯 굉장히 많은 절차와 세부 작업이 필요합니다.

게임 시나리오 기획은 단순히 상상의 나래를 즐겁게 펼치는 작업이 아닙니다. 나이브하게 '이렇게 하면 대강 그렇게 되지 않을까'는 독이 될 뿐입니다(바로 이것이, 게임 산업 초창기에 게임 시나리오를 맡았던 비전문가들이 결국 업계에 적응하지 못한 이유입니다).

장르가 다르면 시나리오도 다르다
— 싱글 게임과 멀티 게임

게임 시나리오 기획자를 비롯해 게임 기획 직군을 지망하고 있다면, 평소에 다양한 게임을 의무적으로라도 즐겨야 합니다. 다만 단순히 유저로서 즐길 것이 아니라 철저한 분석과 이해를 목적으로 플레이 해야죠. 특히 게임 시나리오 기획자를 지망하고 있다면 각 게임의 시나리오가 장르와 플랫폼에 따라 어떻게 서로 다르게 반영되고 있는지를 공부하는 게 좋습니다.

지망생 레벨에서, 특히 시나리오 기획자 지망생 레벨에서 가장 필요한 지식 중 하나가 바로 싱글 게임과 멀티 게임의 차이입니다(〈그림6-2〉는 이것을 도표로 나타낸 것입니다). 싱글 게임이란 말 그대로 혼자 하는 게임이고, 멀티 게임은 여럿이서 하는 게임입니다. 일반인이 생각할 땐 큰 차이 없을 것 같지만 두 장르는 서로 완전히 다른 개발 철학과 접근을 필요로 하며, 게임 시나리오 또한 예외가 아닙니다.

싱글 게임은 크게 '스탠드 얼론stand alone 게임'과 '부분 멀티 게임'으로 나뉩니다. 스탠드 얼론 게임은 멀티 요소가 전혀 없이 혼자 하는 게임으로, 정해진 시나리오에 따라 외계 행성에서 외계인들을 혼자 무찌르고 엔딩을 보는 게임 등이 이에 속합니다. 부분 멀티 게임은 기본적으로는 싱글 게임이지만 게임의 일부 요소에 멀티가 도입되어 있습니다. 평소에는 내 섬을 탐험하면서 농장을 꾸미지만 다

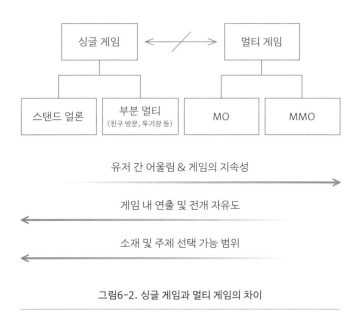

그림6-2. 싱글 게임과 멀티 게임의 차이

른 유저가 내 농장에 놀러올 수 있거나, 여러 유저들이 마을 광장에 모일 수 있는 게임이 이에 속합니다.

멀티 게임 또한 크게 'MO Multiple Online 게임'과 'MMO Massively Multiple Online 게임'으로 분류됩니다. 단어 그대로 소규모로 멀티플레이를 하는 게임인지, 또는 대규모로massively 멀티플레이를 하는 게임인지의 차이입니다. 5~10명이 팀을 짜서 두 팀이 서로 대결하는 게임은 전자에, 몇백 몇천 명의 유저들이 한 공간에서 모험을 펼치는 게임은 후자에 속합니다.

유저들 간의 어울림이나 게임의 지속성은 멀티 게임일수록 강하게 작용합니다. 반대로 게임 내 연출 및 전개 자유도는 싱글 게임일수록 원활합니다. 이는 서로 보완할 수 없는, 완전히 대립된 영역입니다.

예를 들어 판타지 세계를 배경으로 하는 스탠드 얼론 RPG(역할 분담 게임)가 있다고 해보겠습니다. 유저를 대신하는 주인공은 게임 속 수많은 캐릭터들과 대화를 비롯한 상호작용을 하는데, 스탠드 얼론 게임에서는 이런 유저의 선택에 따라 세계가 변화하는 과정을 그릴 수 있습니다. 게임 속에서 악행만 저지르고 다녔다면 시나리오 후반부에서는 거의 모든 사람들이 주인공에게 적의를 품으며, 특정 몬스터를 처치했는지 여부에 따라 등장하는 동료 캐릭터가 변하기도 합니다. 분명한 엔딩이 있으며 경우에 따라 멀티 엔딩도 가능합니다.

MMO 게임에서는 이런 설정이 불가능합니다. 유저 A도, 유저 B도 같은 공간에서 같은 세상을 바라보고 있기 때문에 특정 유저의 선택에 맞춰서 세계가 변화할 수 없는 것입니다. 그 대신 스탠드 얼론 게임에서는 체험할 수 없는 몇십, 몇백 명의 유저들과 함께 전쟁을 펼치거나 전설

속의 몬스터를 토벌하면서 소속감이나 협력심을 맛볼 수 있습니다.

게임 시나리오 역시 당연히 싱글 게임이냐, 멀티 게임이냐에 따라 시놉시스나 플롯, 유저 경험User Experience, UX이 완전히 달라집니다. 시나리오 습작을 위해 멀티 게임을 선택했다면 유저의 선택에 따른 멀티 엔딩을 넣을 수 없으며, 반대로 싱글 게임을 선택했다면 세계가 영속 가능하지 않습니다.

참고로 여기에 든 싱글 게임과 멀티 게임의 예시는 지극히 단순한 경우이며, 이 안에서도 다양한 세부 장르〔RPG, FPS(1인칭 슈터 게임), SIM(시뮬레이션 게임), RTS(실시간 시뮬레이션 게임) 등등〕로 나뉩니다. 뿐만 아니라 동일한 장르라 할지라도 어떤 플랫폼(모바일, 콘솔, PC 등)이냐에 따라 고려해야 할 부분이 달라집니다.

신입 지원자들을 심사하다 보면 문장력은 뛰어나지만 게임에 대한 이해가 많이 떨어지는 분들을 종종 만납니다. 그중 대다수는 평소에 게임을 많이 하지 않은 지원자이죠. 게임 시나리오 기획자는 누구보다 장르에 대한 이해가 뛰어나야 하기 때문에, 문장력을 기르는 것 못지않게 게임을 분석적으로 많이 즐겨봐야 합니다.

7장 '게임 개발' 안에서의 '기획'

게임을 만드는
두 개의 삼각형

　게임을 만드는 일은 〈그림7-1〉에서 볼 수 있듯 '개발 안의 삼각형'과 '개발 밖의 삼각형'을 오가며 이루어집니다. '개발'은 '사업' 'QA'와 삼각형을 이루며, 그 안에서는 '기획' '아트'(그래픽) 그리고 '프로그래밍'(테크)이 삼각형을 이룹니다.

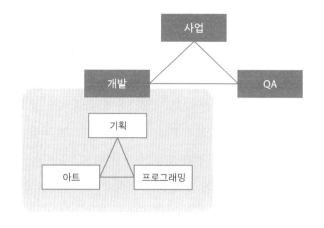

그림7-1. 게임 회사에서 개발 조직의 안과 밖

개발 조직 안의 삼각형 먼저 설명하자면,

기획은 아트와 프로그래밍이 일할 수 있게 문서를 제공합니다.

아트는 게임 속에서 눈에 보이는 모든 것을 제작합니다.

프로그래밍은 게임 속 세상이 돌아갈 수 있도록 만듭니다.

개발 조직을 조금 더 구체적으로 설명해볼까요? 경영진과 디렉터에 의해 게임의 핵심 요소들(장르, 타깃 유저층,

매출을 포함한 목표 지표들 등)이 정해지고 나면, 게임을 구성하는 각 시스템(흔히 피처feature라 부릅니다)의 제작을 아트 팀과 프로그래밍 팀에서 일할 수 있게끔 기획 팀에서 문서를 작성합니다. 이들은 마일스톤이라 불리는 일정표에 따라 컨트롤되고(보통 PM이 관리합니다) 그 과정에서 끊임없는 커뮤니케이션과 조율이 오갑니다.

이렇게 셋의 조화가 제대로 이루어지면 프로토타입*이 나오고, 정식 론칭까지의 개발 기간이 수립됩니다. 이 단계에서는 개발실 바깥으로도 콘택트가 이루어집니다.

★
프로토타입
prototype
최소한의 구성 요소들로 만든 기초 버전.

한편 개발과 동시에 바깥 삼각형에서도 협업이 진행됩니다.

사업은 게임 론칭까지의 전반적인 외부 준비(스토어 론칭 협의, 마케팅 대행사 콘택트 등)를 맡습니다.

QA는 게임 론칭까지 오류나 하자가 없도록 테스트를 합니다.

이렇게 개발 조직 안팎에서 두 삼각형의 수레바퀴를 계

속 돌리다 보면 게임이 완성되어 유저들에게 선보일 수 있게 됩니다. 단순하게 설명하긴 했지만 실제로는 굉장히 길고 힘든, 복잡한 과정을 거쳐야 하며 중간중간 작업자가 한계에 달하는 순간도 많습니다.

사실 이것은 게임 개발을 낭만적으로만 생각하는 사람들에게는 잘 보이지 않습니다. 취미가 직업이 되어버린 현업인들이, 게임 업계를 부러워하는 외부 시선에 대해 더욱 답답해하는 지점이기도 합니다.

생각보다 다양한
게임 기획의 영역

그런데 '게임 기획' 안에도 다양한 영역이 있습니다. 프로젝트나 회사에 따라 조금씩 차이가 있기는 하지만, 기본적으로는 〈그림7-2〉와 같이 직무가 분류됩니다.

시스템 기획자는 게임에 들어가는 피처를 맡아서 기획하는 사람을 뜻합니다. 예를 들어 우리 게임에 우편함 시스템(운영자가 각 유저들에게 소식을 보내거나 유저들끼리 아이템을 주고받는 데 쓰이는 기능)을 만들고자 할 때, 그

게임 기획자	
시스템 기획	**게임을 구성하는 시스템인 피처를 만든다** 예) 우편함 기획, 전투 중 기절 시스템 기획 등
밸런싱 기획	**게임 내 모든 숫자와 그 흐름을 다룬다** 예) 아이템 드롭율 기획, 캐릭터 레벨 업 테이블 기획 등
콘텐츠 기획 (설정 기획)	**게임 내 각종 설정/아트 리소스 콘셉트를 다룬다** 예) ○○마을 배경 설정 기획, □□종족 의상 콘텐츠 설정 기획 등
시나리오 기획 (퀘스트 기획)	**게임 내 스토리텔링이나 퀘스트를 다룬다** 예) ○○마을 퀘스트 기획, □□종족 배경 스토리 설정 기획 등
레벨 디자인 기획	**게임 내 스테이지들을 다룬다** 예) 3스테이지 몬스터 배치 기획, △△필드 채집 오브젝트 분포 기획
UI/UX 기획	**게임 내 각종 유저 인터페이스 디자인/인터페이스 동작** **방식을 다룬다** 예) 버튼, 아이콘, 창 디자인 기획 등
기타	**기타 특수 직무** 회사/프로젝트 규모에 따라 한 명이 둘 이상의 직무를 병행하기도 한다

그림7-2. 게임 기획자의 직무 분류

우편함 시스템이 어떻게 동작하고 어떤 하위 기능(보통 '컴포넌트component'라고 합니다)으로 구성되는지를 전체적으로 그리는 사람이 바로 시스템 기획자입니다.

밸런싱 기획자는 게임에 들어가는 모든 숫자와 그 숫자들의 흐름을 다루는 사람입니다. 가령 주인공 캐릭터가 몬스터를 몽둥이로 때렸다고 할 때, 몽둥이가 몬스터에게 주는 피해량 등을 치밀하게 미리 짜놓은 공식으로 계산하게끔 합니다.

콘텐츠 기획자(설정 기획자)와 **시나리오 기획자(퀘스트 기획자)**는 게임에 필요한 모든 텍스트와 관련된 업무를 하는 사람입니다. 이 직군은 8장에서 좀더 상세히 다루겠습니다.

레벨 디자인 기획자는 게임 안의 '스테이지stage'를 기획합니다. 조금 쉽게 설명하면, 유저가 주인공을 조종해 게임 내에서 돌아다니는 장소를 디자인하는 직무를 가리키죠.

UI/UX 기획자는 게임 내 각종 기능이 어떻게 동작할지 기획하는 업무를 합니다. 'UI'는 'User Interface'의 약자로, 유저 인터페이스라고도 합니다. 컴퓨터의 운영체제인 윈도10을 예로 들면, 'MS 엣지Edge' 앱을 눌렀을 때 뜨는 각종 아이콘과 테두리 창 디자인이 바로 MS 엣지의 UI입니다. 한편 UX는 'User Experience,' 즉 유저 경험을 의미합니다. 앞서 예로 든 윈도10을 다시 볼까요? 가령 제어판을 열기까지 유저가 거치는 과정, 즉 MS 엣지 첫 화면 팝업을 띄우기 위해 유저가 윈도 버튼을 누르고 MS 엣지 앱을 클릭하는 과정을 UX라고 하는 것입니다. UI/UX 기획자는 게임 속의 다양한 기능들이 동작하는 모든 부분을 담당해 기획합니다. 좀더 쉽게 설명하자면, 게임에 등장하는 박스와 버튼, 그 밖의 모든 동작 요소들을 유저의 눈앞에 띄우는 작업을 수행한다고 보면 됩니다.

이 내용을 좀더 이해하기 쉽게 설명해보겠습니다. 여기, 어떤 가상의 게임을 하다 다음과 같은 화면이 떴습니다.

2부 게임 기획자의 업무

이 게임 속 캐릭터가 주인공에게 의뢰를 했고, 유저는 주인공을 조종해 그 의뢰를 인수했습니다. 당연히 그 캐릭터는 기뻐하면서 유저에게 보상을 제시하고, 받아달라고 말합니다. 그렇다면 각 직무의 기획자들이 이 화면에서 무엇을 맡아 일하는지 분석해보겠습니다.

★
EXP
'Experience Point'의 약자. 한국어로 '경험치'라고 한다. 보통 경험치를 일정량 모으면 레벨Level이 오르게 된다.

❶ 시스템 기획자는 '의뢰 보상'이라는 시스템 전체를 기획합니다.

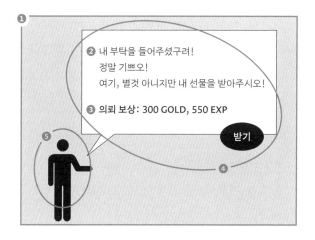

❷ 시나리오 기획자는 이 캐릭터의 대사 텍스트를 만듭니다.

❸ 밸런싱 기획자는 이 의뢰의 보상 수치를 계산합니다.

❹ UI/UX 기획자는 이 화면의 디자인 자체를 기획합니다.

❺ 콘텐츠 기획자는 이 캐릭터의 성격을 비롯한 배경 설정
을 기획합니다.

다만 앞에서도 말했듯, 이런 형태의 직무 분류는 프로젝트나 회사별로 조금씩 다릅니다. 시나리오 기획자가 콘텐츠 기획 영역까지 커버하는(또는 그 반대의) 경우도 많고, 시스템 기획자가 밸런싱 기획을 함께 담당하기도 합니다. 보통 프로젝트(또는 회사) 규모가 작을수록 여러 포지션을 함께 담당하고, 클수록 각기 특화된 포지션만을 담당하는 편입니다. 또한 전자에 가까운 사람을 '제너럴리스트,' 후자에 가까운 사람을 '스페셜리스트'라고 칭합니다. 직무별로 필요한 스킬은 대체로 그 직무의 이름에서 유추할 수 있는데, 좀더 자세한 내용은 9장에서 다루겠습니다.

이렇게 다양한 게임 기획의 영역 내에서 게임 시나리오를 다루는 직무는 〈그림7-3〉에서 볼 수 있듯 시나리오 기획이 콘텐츠 기획(설정 기획)까지 포괄하는 의미로 흔히 쓰입니다(이 책에서도 그렇습니다).

게임 기획자	
시스템 기획	**게임을 구성하는 시스템이 피처를 만든다** 예) 우편함 기획, 전투 중 기절 시스템 기획 등
밸런싱 기획	**게임 내 모든 숫자와 그 흐름을 다룬다** 예) 아이템 드롭율 기획, 캐릭터 레벨 업 테이블 기획 등
콘텐츠 기획 (설정 기획)	**게임 내 각종 설정/아트 리소스 콘셉트를 다룬다** 예) ○○마을 배경 설정 기획, □□종족 의상 콘텐츠 설정 기획 등
시나리오 기획 (퀘스트 기획)	**게임 내 스토리텔링이나 퀘스트를 다룬다** 예) ○○마을 퀘스트 기획, □□종족 배경 스토리 설정 기획 등
레벨 디자인 기획	**게임 내 스테이지들을 다룬다** 예) 3스테이지 몬스터 배치 기획, △△필드 채집 오브젝트 분포 기획
UI/UX 기획	**게임 내 각종 유저 인터페이스 디자인/인터페이스 동작 방식을 다룬다** 예) 버튼, 아이콘, 창 디자인 기획 등
기타	**기타 특수 직무** 회사/프로젝트 규모에 따라 한 명이 둘 이상의 직무를 병행하기도 한다

───── 게임 기획 내에서 시나리오를 다루는 직무 ─────

그림7-3. 게임 기획 직군 내에서 시나리오를 다루는 직무

게임 개발 현장에서는 '게임 시나리오 기획자'라는 말이 통용되고 있습니다. 이 직무가 대개 등장인물들의 직접적인 대사를 만들기도 하거니와, 게임 자체가 스토리텔링 플랫폼이기 때문입니다(스토리텔링 플랫폼으로서 게임의 특성에 대해서는 굉장히 방대한 내용을 다룰 필요가 있으므로 기회가 된다면 다음 책에서 다뤄보겠습니다).

명칭 자체에서 짐작할 수 있듯 게임 시나리오 기획자 역시 당연히 게임 기획자에 속합니다. 이것을 강조하는 이유는 게임 기획 직군 내에서 유독 게임 시나리오 기획자를 예외처럼 생각하는 지망생들이 생각보다 많기 때문인데, 이후 하나씩 설명하겠습니다.

결국 '게임 기획자'란

게임 기획자는 '게임을 기획하는 사람'입니다.

→ 구체적으로 풀어서 설명하면, '게임을 만들 수 있게 기획하는 사람'입니다.

→→ 더 구체적으로 풀어서 설명하면, '프로그래머와 그래픽 디자이너가 작업할 수 있게끔 구체적인 작업 명세를 기

획하는 사람'입니다.

　지망생들이 흔히 착각하는 것이, 게임 기획자는 절대 아이디어를 내는 사람이 아닙니다. '구체화된 아이디어를 내는 사람'입니다. 즉 '나한테 진짜 참신한 게임 아이디어가 있어!'는 게임 기획의 영역이 아니라 게임 제안의 영역일 뿐입니다(이에 대해서는 11장에서 좀더 상세히 설명하겠습니다).

　또한 게임 기획자는 기본적으로 리드하는 포지션이 맞지만, 그것은 겉모습일 뿐 실제로는 다른 직군의 실무자들이 원활하게 일하도록 도와주는 역할을 합니다(저는 '잡부'라고 표현하기까지 합니다). 만들고자 하는 게임 내 요소를 프로그래머와 그래픽 디자이너가 구현해내는 데 필요한 사항들을 기획서에 철저히 반영하고, 협의된 기획서로 작업이 진행되는 도중에도 여러 부서에서 오는 요청들을 처리하기 때문입니다.

　이렇듯 게임 기획자가 목표라면 일단 게임 기획자가 하는 일에 대한 환상을 버리는 것부터 시작해야 합니다. 건축으로 친다면, 게임 기획자는 조감도나 상상도를 그리는 사람이 아니라 설계도와 청사진을 그리는 사람인 것이죠.

게임 시나리오 기획자도 마찬가지입니다. 단순히 줄글만으로 상상의 나래를 펼치는 사람이 아니며, 시나리오를 작성하는 것은 물론 그 시나리오가 게임에 맞게 반영될 수 있도록 구체화하는 사람입니다. 당연히 그 구체화를 위한 '공부'가 필요합니다(지망생들이 가장 많이 간과하는 부분이 바로 이것입니다). 게임 기획에서 구체화는 결코 추상적인 개념이나 이론이 아닌 엄연한 기술이며, 기술은 연습을 해야 느는 것입니다.

8장 스토리를 다루는 게임 기획자

게임 시나리오 기획,
또는 콘텐츠(설정) 기획

게임 시나리오 기획자의 업무는 '게임에 들어가는 모든 텍스트와 관련된 일을 한다'라는 말로 요약할 수 있습니다. 이렇게만 얘기하면 언뜻 무슨 말인지 알기 힘들 수도 있으니, 구체적인 예시를 들어보겠습니다.

게임 캐릭터를 조종해서 상점에 갑니다. 상점 주인 NPC*가 반가운 인사말을 건넵니다.
→ 이 인사말은 게임 시나리오 기획자가 작업한 것입니다.

게임을 즐기던 도중, 인터넷이 원활하지 않다는 경고 창이 뜹니다.

→ 이런 문구도 게임 시나리오 기획자가 작업하는 경우가 많습니다.

게임을 하다 새로운 아이템을 얻었습니다. 아이템 설명을 보니, 불 속성의 강력한 검입니다.

→ 이 아이템의 설명문 역시 게임 시나리오 기획자가 작업한 것입니다.

> ★
> NPC
> Non-Player
> Character
> 유저(플레이어)가 직접 조종하지 않는 캐릭터를 칭한다.

게임 시나리오 기획자의 일이라 하면 대개는 막연하게 서사시나 이야기를 만드는 작업만 생각하지만, 실제로 하는 일은 그것보다 훨씬 방대합니다. 심지어 게임의 공식 홈페이지에 들어가는 각종 텍스트나 공지문까지 작성하는 일도 흔히 있습니다. 그만큼 문장력이 높아야 하는데, 여기서 문장력이란 단순히 아름다운, 예술성 있는 문장을 쓰는 능력이 아니라 다양한 문체를 구사하면서 상황에 따라 맞춰 쓸 수 있는 능력을 의미합니다.

제가 주니어로 일하던 시절 '이 업계에서 먹고살 수 있겠구나'라고 확신을 가지게 된 것도, 다양하게 맞춰 쓰는 능력을 업무에서 확인했기 때문입니다. 제가 몸담고 있던 첫번째 프로젝트에서 세계적으로 유명한 해외 음악가가 OST를 맡았습니다. 그런데 당시 그 음악가가 작곡하는 데 영감을 받을 만한, 완성된 게임 속 콘텐츠가 별로 없었습니다. 그래서 제공하게 된 것이 제 글이었습니다. 이 것은 제가 채용된 후, 게임 개발이 아직 많이 진행되지 않은 터라 당시 PD로부터 '게임 속 세계가 왜 존재하는지 다양한 이야기를 써봐'라는 지시를 받아서 만들었던 작업물들이었어요. 사실 PD 입장에선 계약직 신입에게 큰 기대를 걸 수도 없는 데다 개발 진척도도 낮았기 때문에 일종의 시험 목적으로 시킨 업무였겠죠.

그런데 그 업무는 저와 정말 잘 맞았습니다. '다양한 이야기'란 목표도 재미있었고요. 저는 서사시, 복수극, 영웅담을 비롯해 심지어 학원물(학원 내에서 학생들 사이에 일어나는 알콩달콩한 이야기를 다룬 장르)까지 작업했고, 결과적으로 나중에 게임 속 콘텐츠들이 본모습을 보일 때 탄탄하고 깊은 세계관을 갖게 해주었습니다.

그 음악가는 제 글에 크게 만족해하며 원고지 2만 장 분량의 원고를 모두 번역해 갔습니다. 몇 달 후, 저는 세상에서 처음 듣는 굉장한 음악들을 만나 크게 감격했습니다. 비록 프로젝트 자체는 시장에서 실패해 일명 'OST는 좋았다'로 기억되고 있지만, 당시 새파란 신입이던 제게 그 일은 게임 시나리오 기획자로서 커리어를 지속하게 하는 굉장한 경험이었습니다.

게임 시나리오 기획이 제대로 된 포지션으로 자리 잡은 지금은 이런 능력들이 훨씬 더 중요합니다. 고객의 눈이 점점 높아지고 기술이 발전하면서 스토리텔링 플랫폼으로서 게임의 역할은 갈수록 더 커지고 있으며, 그만큼 그 안을 채우는 온갖 것들에 생명을 불어넣어야 하기 때문입니다. 여러 번 강조했듯 그것은 글을 많이 쓴다고 되는 게 아니며, 각종 공부가 필요한 일입니다.

'가슴속에 품은 칼'도 첫걸음부터

게임 기획자, 그중에서도 시나리오 기획자를 꿈꾸는 분들은 흔히 '내가 구상한 오리지널 스토리를 지금 당장 게임으로 만들고 싶다'라는 착각에 빠지곤 합니다. 하지만 자동차 회사에서 신입 자동차 디자이너에게 신형 자동차의 설계를 처음부터 맡기시 않는 것처럼, 신입 게임 시나리오 기획자 역시— 분명 크게 보면 게임 시나리오를 다루는 것이지만— 어디까지나 주어진 일을 하는 '작업자' 포지션에서 벗어나지 않습니다.

그 이유에는 여러 가지가 있습니다만, 가장 먼저 꼽히는 부분은 '신입이 관여할 수 있는 영역에는 한계가 있어서'일 것입니다. 자동차 회사로 계속 예를 들어볼까요? 신형

그림8-1. 현대자동차의 콘셉트 카 '르 필 루주'(위)와
이를 바탕으로 개발한 '소나타 DN8'(아래)

자동차를 디자인한다고 할 때는 막연히 유려한 라인의 멋들어진 차를 그리기만 할 것 같지만, 실제로는 뼈대가 되는 플랫폼과 얹어야 하는 엔진, 준수해야 하는 안전 규정 등 디자인에 고려할 사항이 굉장히 많습니다. 엄청난 경력의 수석 디자이너들조차 신제품이 나오기 전에 '콘셉트카'를 만드는 것은 이 때문입니다.

신입 게임 시나리오 기획자도 마찬가지입니다. 게임의 장르, 플랫폼, 콘셉트, 전체 방향성, 타깃 유저층, 목표 일정 등 신작 게임을 위해서 고려할 점이 한두 가지가 아닙니다. 심지어 회사 상황, 인력 상황, 시장 상황 등이 모두 맞물려 있기 때문에 디렉터나 회사의 의사 결정권자가 단독으로 결정할 수 있는 일도 아닙니다. 즉 디렉터나 회사의 의사 결정권자가 큰 방향성을 결정하고, 그에 맞춰서 고려할 사항들을 다양한 부서와 논의한 다음 팀 세팅 계획까지 마쳐야 이후 이 프로젝트에 합류한 게임 시나리오 기획자에게 업무 지시가 떨어진다는 얘기입니다. 하물며 신입 기획자라면 더 말할 것도 없겠죠.

현업 게임 기획자들끼리 사석에서 흔히 하는 농담으로 '가슴속에 품은 칼'이라는 말이 있습니다. '내가 구상한 오리지널 게임 프로젝트'를 뜻하는 이 말은 언젠가 자신이

디렉터, 혹은 회사의 의사 결정권자가 되면 반드시 그걸 만들겠다는 의지의 표현입니다.

그렇다면 신입 게임 시나리오 기획자는 어떤 일을 하게 될까요? 물론 회사나 프로젝트마다 차이가 있겠지만, 대개는 굉장히 사소한 것부터 시작합니다. 각 아이템들의 설명문이라든지, 중요하지 않은 NPC의 대사 같은 것들이죠. 하지만 실망하지 마세요. 게임 속 세상의 퀄리티는 이런 디테일에서 비롯되며, 이후 본인이 시니어 혹은 디렉터로서 프로젝트를 리드할 때 작은 것도 놓치지 않게끔 해줍니다.

내 이야기를
게임으로 만드는 지름길

사실 자신이 창조한 세계관과 스토리가 게임에 반영되길 원한다면 다른 지름길이 있긴 합니다. 바로 IP 홀더로서의 성공입니다. 즉 자기 작품을 먼저 세상에 알려서 히트시킨 뒤에 게임으로 만드는 것입니다. 작품의 형태는 웹툰, 웹 소설, 판타지 소설 등이 될 수 있겠죠.

쉬운 예로, 인기 웹 소설인 남희성의 『달빛 조각사』는 모바일 게임으로 만들어져 히트를 쳤습니다. 손제호와 이광수의 「노블레스」 역시 유명 웹툰이며, 게임으로 만들어졌습니다. 오랜 시간 베스트셀러였던 전민희의 『룬의 아이들』은 「테일즈위버」의 원原세계관이 되어 오랫동안 사랑받았죠.

그림8-2. 원작을 게임화한 사례.
남희성, 『달빛 조각사』(로크미디어)와 엑스엘게임즈, 「달빛 조각사」

물론 이 세계 역시 굉장히 험난합니다. 재능 넘치는 경쟁자들도 많고 운도 따라줘야 합니다. 다만 두 세계를 모두 겪어본 제 입장에서는, 순수하게 자신의 콘텐츠를 게임으로 만들 가능성만 놓고 보았을 때 차라리 IP 홀더가 되는 편이 더 낫습니다. 게임 기획자가 — 능력이 있고 없고를 떠나서 — 이른바 '가슴속에 품은 칼'을 뽑기까지는 정말 오랜 시간이 걸리거나, 혹은 아예 기회조차 영영 찾아오지 못한다는 점을 생각하면 말이죠.

　다만 이것은 어디까지나 IP 홀더로서의 성공이지, 게임 기획자로서의 성공은 아닙니다. 즉 내가 창조한 이야기와 세계관이 게임으로 만들어지는 것은 볼 수 있지만, 그 게임을 내 마음대로 할 수는 없다는 얘기죠. 자신의 작품이 게임으로 만들어진다 해도 작가는 강제성을 띤 요구를 게임 회사에 거의 할 수 없습니다. 물론 선을 넘지 않기 위한(예를 들어 주인공의 성별을 바꿔버리지 않겠다는) 가이드라인은 상호 간에 필요하지만, 그렇다고 해서 작가가 원하는 대로 게임을 만들 수 있는 것은 절대 아닙니다. 게임 개발은 어디까지나 게임 회사의 영역이기 때문입니다.

　실제로 게임화가 진행된 한 유명 웹 소설의 경우 게임 회사에서 아예 원작 없이 게임을 80퍼센트 이상 완성한 다음, (게임의 홍보 및 히트를 위해) 그 위에 소설 원작을 입혔기 때문에 원작 세계가 그렇게까지 잘 녹아들어 있지는 않습니다. 하지만 원작 작가가 이에 대해 문제 제기할 수 있는 권한은 없습니다.

결국 뻔한 애기지만 게임 기획자, 특히 게임 시나리오 기획자로서 나만의 스토리가 반영된 게임을 만들기 위해서는 한 걸음, 한 걸음 꾸준히 밟아나가는 수밖에 없습니다. 다만 '라떼'에 비하면 지금이 게임 시나리오 기획자로 일하기에는 정말 좋은 시대입니다. 과거 게임 시나리오는 계약직이나 외주에게만 맡겨졌습니다(그 시절에는 '게임 만드는 데 작가가 꼭 필요해?'란 말도 심심찮게 들었습니다). 하지만 게임 자체가 스토리텔링의 도구가 된 지금, 게임 시나리오의 중요성을 간과하는 이는 이제 현업에 아무도 없습니다. 그런 만큼 시나리오를 다루는 게임 기획자로서 차근차근 성장해나간다면, 언젠가 디렉터로서 자신만의 이야기를 게임 속에 마음껏 펼칠 수 있을 것입니다.

'무기'와 '기본기'

　이름난 서예가 중 붓을 제대로 다루지 못하는 사람은 없으며, 정예 특전사 대원 중 총을 제대로 다루지 못하는 사람은 없습니다. 아니, 단순히 다루는 수준을 넘어서 신체의 일부와도 같이 사용합니다. 당연합니다. 그들 각자의 '무기'이니까요. 게임 기획자도 마찬가지입니다. 도구이자 무기인 MS 오피스(이하 오피스)를 제대로 다루고, 그것을 기본으로 다양한 툴을 익혀야 합니다.

　간혹 이런 질문을 받을 때가 있습니다.

　　저는 게임 시나리오를 쓸 건데도 엑셀을 쓸 줄 알아야 하나요?

　결론부터 말하자면, 당연히 잘 다뤄야 합니다. 앞에서 강조했고 뒤에서도 강조하겠지만, 게임 시나리오 기획자 역시 게임 기획자의 범주 안에 속하기 때문입니다. 오히려 게임 시나리오 기획자는 저 도구(이자 무기)를 활용하는 것은 물론 기본기를 하나 더 갖춰야 합니다. 바로 '문장력'입니다.

위대한 축구 선수가 되려면 달리기부터 숙달해야 합니다. 위대한 군인이 되려면 사격부터 숙달해야 하고요. 당연히 게임 시나리오 기획자에게도 필수적인 기본기가 있는데, 그것이 게임 콘텐츠를 글로 풀어내는 문장력입니다. 등장 캐릭터들의 대사를 소위 '국어책 읽는 말투'로 쓰거나, 각종 설명문을 엉망인 맞춤법과 띄어쓰기로 쓴다면, 내가 가지고 있는 고유의 세계관이나 창작력이 얼마나 훌륭하건 관계없이 제대로 된 게임 시나리오 기획자로 인정받지 못합니다. 마치 '슈팅은 잘하지만 달리기를 못하는 축구 선수'가 되는 셈입니다.

앞서 7장에서 '게임 기획자의 다양한 직무 분류'를 설명하면서, 이 중 유독 게임 시나리오 기획자 지망생들이 자신들을 게임 기획 직군에서 예외로 두는 성향이 있다고 말했습니다(엑셀 이야기도 여기에 포함됩니다). 이유를 파고들다 보면 자신을 막연하게 '게임 회사 안에서 소설 쓰는 사람'이라고 여기는 심리가 있음을 알게 되는데, 사실 이것은 매우 좋지 않습니다.

사실 이것은 소설의 세계와 똑같습니다. 소설 읽는 것을 싫어하는 소설가는 없습니다. 소설을 많이 읽을수록 그 작품들이 자신 안에서 화학작용을 일으켜 실력의 발전을 돕죠. 게임 시나리오 기획자도 다르지 않습니다. 인풋이 많아야 아웃풋의 퀄리티가 높아집니다. 여기서 인풋이 많아야 한다는 것은 당연히 '많은 게임을 다양하고 깊게 경험해야 한다'라는 의미입니다. 재능에 의한 개인차는 분명히 존재하지만, 소설가 지망생 사이에서도 인풋(소설 읽기)을 통해 축적된 것이 많은 사람과 적은 사람은 실력이 느는 속도에서 차이를 보입니다. 하지만 이런 질문을 하는 분들도 꽤 있습니다.

저는 게임 시나리오를 쓸 건데도 게임을 많이 해봐야 하나요?

극단적으로 말해서, 게임 하는 것을 좋아하지 않는 프로그래머나 그래픽 디자이너는 있을 수 있지만 게임 하는 것을 좋아하지 않는 기획자는 있을 수 없습니다. 게임 업계는 게임에 죽고 게임에 사는 사람조차 겨우 살아남을까 말까 하는 잔인한 곳입니다. 많은 것이 빠르게 바뀌고 새로운 기술과 트렌드가 정신없이 휘몰아치죠. 게다가 이 모든 게 계속 신작 게임들로 나옵니다. 즉 단순히 발전하기 위해서는 물론 최소한 살아남기 위해서라도 게임을 많이, 다양하게 해야 한다는 것입니다(이는 앞서 3장에서도 중요하게 언급한 바 있습니다).

　도구와 무기를 제대로 인식하고 익혀야 합니다. 기본기도 꾸준히 단련해야 합니다. 많은 인풋도 잊어버리면 안 됩니다. 그래야 업계에 입성해 오랜 생존도 할 수 있습니다. 이것은 비단 게임 기획, 그리고 게임 시나리오 기획에만 해당되는 얘기가 아니라 모든 프로 세계에서 통용되는 얘기입니다(앞에서 언급한 서예가와 특전사 대원 그리고 축구 선수들의 사례를 떠올려봅시다).

이용태

17년 차 레벨 디자인 기획자
넷게임즈

불확실성을 사랑하는 일

Q. 먼저 레벨 디자인 기획자에 대해 설명을 부탁드립니다.

레벨 디자인 기획자('레벨 디자이너'라고도 합니다)는
게임에 들어가는 스테이지나 맵(지도)을 만드는 사람으로
알려져 있는데, 사실 그보다는 각 레벨이 유저들에게 어떻
게 작용할지를 '예상'하는 직군입니다.

Q. '예상'이라는 키워드가 흥미롭네요.

저 역시 플레이 가능한 프로토타입 맵을 제작하고 몬스터
를 배치해서, 유저에게 흥미로운 경험을 예상해 제공하는

일을 하고 있어요. 이 '예상'에는 플레이 시간, 전체 콘텐츠 볼륨 등 '유저 경험'에 관한 많은 것들이 고려됩니다. 예상할 수 없는 불확실한 요소가 가득한 게임 개발에서 '핵심 재미'를 예상하는 역할이죠. 그리고 예상을 통해 프로젝트가 옳은 방향으로 갈 수 있도록 안내합니다.

Q. 조금만 더 쉽게 설명해주신다면요?(웃음)

조금 어렵죠?(웃음) 자동차를 만든다고 친다면, 프로그래머가 엔진을 만들고 디자이너가 자동차의 외관을 만들 때, 레벨 디자인 기획자는 엔진과 외관이 만들어지는 과정에서 드라이브의 경험과 재미를 '예상'하는 일을 한다고 보시면 됩니다.

Q. 본인의 커리어에서 가장 자랑스러운 프로젝트를 꼽는다면 어떤 것이 있을까요?

저는 「컴뱃암즈」와 「아이언사이트」를 꼽겠습니다. 「컴뱃암즈」의 경우, 먼저 국내 론칭을 했지만 완전히 실패를 맛보았습니다. 하지만 이후 절치부심해 시작한 미국 서비스가 성공을 거두면서 많은 유저에게 오랜 사랑을 받고 큰 수익을 안겨주었습니다. 하지만 금전적인 성공보다도, 제가 제작한 맵이 해외 유저들에게 사랑받았다는 데서 큰 감명을 받았어요. 제가 배경 모델링 디자이너에서 레벨 디자인 기획자로 전직한 계기이기도 합니다.

「아이언사이트」는 제가 초창기부터 참여해 출시와 라이브 서비스까지 담당한 프로젝트입니다. 이 프로젝트가 시작될 당시, 저는 자신감은 넘치지만 실력은 아직 부족한 레벨 디자인 기획자였어요. 심지어 당시 유명했던 같은 장르 게임들의 맵도 제대로 이해하지 못했죠. 하지만 이 프로젝트를 통해 멀티플레이어 슈터 장르의 레벨 디자인을 이해하게 되었으며, 레벨 디자인 기획자로서 자존감을 얻게 되었습니다.

Q. 배경 모델링 디자이너에서 레벨 디자인 기획자로 전직하신 부분이 궁금합니다.

그런데 제가 커리어를 시작했을 때에 비해 지금의 게임업계는 좀더 전문화된 것 같습니다. 처음에는 각 직무의 역할이 명확하지 않았고, 각자 어떤 일을 하는지에 대한 공감대가 형성되지 않았습니다. 같은 직무인데도 회사나 팀마다 업무가 딴판일 수 있었죠. 레벨 디자인 기획자는 배경 팀 소속인 경우도, 기획 팀 소속인 경우도 있었습니다.

지금은 많은 분야, 특히 기획 직군이 전문화되어가는 것 같습니다. 이제는 레벨 디자인 기획자를 모델러와 혼동하지 않으며, 장르마다 레벨 디자인 기획자의 역할이 달라지는 것도 이해하고 있습니다. 물론 아직도 업무 분장이 명확

하지 않은 팀은 있죠. 그건 팀의 크기가 작거나, 기획 직군
이 전문화되는 과정이어서 그렇다고 생각합니다.

**Q. 기획 직군이 전문화되고 있다면, 레벨 디자인 기획자 지망
생들은 특별히 어떤 준비를 하는 것이 좋을까요?**

레벨 디자인 기획자가 되겠다는 목표를 세운 계기는 각자
다를 것이라 생각합니다. 그렇다면 레벨 디자인 기획자에
게 일반적으로 유용한 세 가지 팁을 우선순위에 따라 알려
드리겠습니다.

먼저 게임을 많이 해보는 것입니다. 게임을 많이 한다
는 것은, 하나의 게임을 오랫동안 파고드는 것보다는 다
양한 장르와 시대의 게임을 플레이 하는 것을 의미합니
다. 가장 간단하고도 구체적인 실천 방법은, 최근 15년간
GOTYGame of the Year에 선정된 게임들을 한 편당 최소 네
시간씩 플레이 하는 것입니다. 훌륭한 게임들을 플레이 하
는 것만으로도 흥미로운 경험에 대한 영감을 얻을 수 있습
니다.

두번째, 맵을 직접 만들어보는 것입니다. 예전에 비해 지
금은 게임을 만들기 위한 환경이 매우 잘 갖춰져 있습니다.
최고의 게임을 여럿 제작하는 데 쓰인 유니티, 언리얼 등의
엔진이 무료로 제공되며, 수많은 튜토리얼이 있습니다(심
지어 한국어도 지원됩니다!). 레벨 디자인 기획자를 지망
한다면, 이 무료 엔진들을 활용해 직접 맵을 만들어봐야죠.

적어도 열 개 이상의 맵을 공들여 만들어볼 것을 권합니다. 맵을 만들기 위한 영감이 떠오르지 않는다고요? 첫번째 조언을 떠올려봅시다. 다양한 게임을 여럿 하다 보면 자연스레 떠오를 겁니다.

세번째, 아트나 프로그래밍 쪽의 기반 지식을 쌓는 것입니다. 학생이라면 해당 분야의 수업을 들어보는 것도 도움이 되겠죠. 레벨 디자인 기획자가 유저에게 경험을 제공하기 위한 수단은 다양할수록 좋습니다. 어느 정도 모델링을 할 수 있거나 C# 등의 프로그래밍 언어, 혹은 언리얼 블루프린트 등의 능력이 있다면 레벨 디자인을 하는 데 매우 유용합니다. 이러한 기반 지식들은 레벨 디자인 기획자로 취업한 후에도 쌓을 수 있지만, 시간이 충분할 때 깊이 배워두면 좋습니다.

Q. 게임 업계 지망생분들에게 해주고 싶은 말이 있다면?

지금은 게임 개발자에 대한 대우가 많이 좋아졌지만, 게임 개발 자체는 아직도 험난합니다. 마치 나침반 하나만 달랑 들고 망망대해를 항해하는 것과 비슷하다고 할 수 있겠네요. 게임을 개발하다 보면 예측 불가능한 일로 인해 개발에 난항을 겪거나, 초과근무를 하거나, 어쩌면 나와 너무도 맞지 않는 동료를 만날 수도 있습니다. 개발 중에 생기는 문제는 너무나 다양하고, 누구도 이를 완벽하게 예측할 수 없습니다.

하지만 게임 개발을 한다는 건 이러한 불확실성을 사랑하는 일입니다. 모든 것이 예측 가능해야 하고(퇴근 시간을 포함해서요), 계획대로 되기를 원한다면 이 업계는 그다지 매력적이지 않죠. 엄청난 스트레스를 받게 될 겁니다.

Q. '퇴근 시간에 대한 불확실성'이라니, 정말 정확한 표현입니다.(웃음)

그렇죠. 여러분은 게임 개발의 불확실성을 사랑하거나, 적어도 감내할 수 있어야 합니다.

박철민(가명)

21년 차 UI/UX 기획자
국내 모 중견 기업

"어떤 직군이든, 게임 시스템에 대한
이해도가 높아야 하죠"

Q. UI/UX 기획자로서 어떤 업무를 하고 계시나요?

저는 회사에서 UI/UX 기획자로서 게임 내 UI를 구현하기
위한 세부 시스템, 그리고 보다 좋은 UX를 위한 기능 추가
및 개선 방안을 기획하고, 최종 UI 결과물을 검수하는 역할
도 하고 있습니다.

그 외에도 담당 프로젝트가 해외에 서비스되면 해당 국가
의 언어, 정책, 콘텐츠 변경점 등에 따라 UI 레이아웃이나
구조가 많이 변경되기 때문에 이를 조율하고 개발 부서에
가이드 하는 역할도 병행합니다.

Q. UI/UX 기획자에 대해 전혀 모르는 사람에게는 이 일을 어떻게 설명할 수 있을까요? 그리고 UI/UX 기획자만이 갖고 있는 매력은 무엇일지도 궁금합니다.

예를 들어 TV에도 채널을 바꾸고 볼륨을 높이는 등 조작을 위한 여러 버튼과 조작계가 있는 것처럼, 게임에도 캐릭터를 움직이고 여러 콘텐츠를 즐기기 위한 조작 환경, 즉 게임 내 UI가 필요합니다. 게임 UI/UX 기획자는 바로 이런 게임 내 UI를 개발 조직에서 구현할 수 있도록 설계하죠. 유저들이 UI를 편리하게 이용하고 게임에서 보다 쾌적한 경험을 얻을 수 있도록 지속적으로 보완, 개선하는 역할을 전문적으로 합니다.

게임 UI/UX 기획자만의 매력은, 무엇보다 UI를 실체화하는 공정의 첫 단계를 담당하기 때문에 다른 기획 직무보다 주도적이고 직접적으로 개발 과정에 개입할 수 있다는 점, 그래서 성취감 또한 크다는 점을 들 수 있겠습니다. 또한 동료들이 만든 콘텐츠와 시스템을 보다 완성도 있게 업그레이드하는 역할을 하는 만큼, 좋은 결과물에 대한 사명감과 보람 또한 많이 느낄 수 있다는 점도 이 직무만의 장점이고요.

Q. 본인이 커리어를 시작했을 때의 게임 업계와 지금의 게임 업계는 어떤 부분이 다를까요?

제 커리어 초반에는 PC 온라인 게임 중심이던 시장이 소셜 플랫폼 기반으로, 그리고 다시 스마트폰 기반으로 크게 변화했죠. 그때그때 변화를 주도한 플랫폼들이 기술적으로는 초기 단계에 있다 보니, 제한된 범위 내에서 오히려 게임 회사들이 자신들만의 차별점을 내세우려고 다양한 장르 도전과 시도를 많이 했어요. 그에 대한 투자나 기회 또한 현재보다 훨씬 많았고요.

Q. 그땐 정말 그랬죠. 과장을 조금 보태서, 자고 일어나면 새로운 게 트렌드가 되어 있던.(웃음)

그렇죠. 한편 기회도 넘쳐나고, 사람들도 다수가 비교적 쉽게 게임 개발에 뛰어들면서 문제도 많았어요. 큰 성공 사례도 많았지만 그 이면에는 열정이 강요되고 개인의 희생이 당연시되는, 여러 악습과 업계에 대한 부정적 인식 또한 부쩍 형성된 시기 같습니다.

하지만 그때부터 많은 게임 업계 종사자들의 노력 덕분에 업무 환경이 개선되는 등 점차 좋은 방향으로 가고 있는 것은 분명합니다. 앞으로도 지속적으로 개선되어갈 거라고 생각합니다.

Q. 그렇다면 앞으로 더 나아질 게임 업계를 함께할 지망생분들에게는 어떤 말을 해주실 수 있을까요?

처음엔 이 질문을 듣고, '게임을 좋아하는 것과 게임을 개발하는 것은 엄연히 다른 영역이야!'라며 한참 생각했거든요.(웃음) 그러다 문득 제가 우연한 기회로 인연을 맺은 지망생분들, 그리고 면접으로 만난 수많은 지원자분들의 눈빛이 떠올랐어요. 돌이켜보면 이분들과의 만남도 제게 참으로 값진 경험이 된 것 같습니다.

게임에 대한 애정, 창작에 대한 열망, 절실함의 에너지와 뚜렷한 목표를 갖춘 지망생분들에게는 반드시 좋은 기회가 올 것이고, 원하는 일을 할 수 있을 겁니다. 이건 업계 선배로서 보내는 작은 응원이기도 하지만, 확고한 진리이기도 해요. 그러니 많이 초조해하지 말고 자신의 길을 계속 가시면 됩니다. 정작 들어온 이후에는 생각보다 일이 고될 수 있지만, 다양한 성향과 능력을 갖춘 여러 동료들과 하나의 목표를 향해 서로 대립하기도, 의지하기도 하면서 새로운 에너지와 동기부여를 얻으실 수 있을 겁니다.

이 글을 읽고 있는 열정 넘치는 지망생분들이 하루빨리 게임 업계 종사자가 되어, 보람과 즐거움을 경험한다면 좋겠습니다.

Q. 예상과 너무 다른 답변인데요.(웃음) 그렇다면 이번에는 구체적으로 UI/UX 기획자를 꿈꾸는 분들에게 해주고 싶은 조언이나 팁에는 무엇이 있을까요?

UI/UX 기획만을 전문적으로 할 수 있는 프로젝트라면 대부분 그 규모가 크고 UI 시스템이 많다는 뜻입니다. 일반적으로는 시스템 기획자나 UI 아티스트가 이를 병행하죠. 시스템 기획을 바탕으로 보다 좋은 UX를 제안하거나, 때로는 역으로 시스템 변경을 제안할 수 있으므로 시스템 기획 경험이 많고 UI/UX에 대한 관심과 소양을 갖춘 경력자에게 가장 적합하긴 합니다.

다만 신입은 지원할 수 없고, 되더라도 할 일이 없냐면 꼭 그렇지도 않습니다. 기회가 되고 업무를 교육해줄 수 있는 선임자가 있다면 UI/UX 기획자로 커리어를 시작하셔도 무방합니다. 앞서 이야기한 대로 UI/UX 기획 직무가 별도로 있는 조직이라면 보통 규모가 크기 때문에 비교적 안정적으로 업무의 기초를 쌓고, 체계적인 협업 구조를 자연스럽게 체득할 수 있다는 장점이 있거든요.

Q. 아, 사수는 정말 중요하죠. 개인적으로는 다른 어떤 분야보다 UI/UX 기획 분야에서 사수의 유무 차이가 크다고 생각합니다.

동의합니다. 회사나 조직마다 다르겠지만, UI/UX 기획은 시스템 기획의 범주에 속한다고 볼 수 있습니다. 신입

UI/UX 기획자와 일반적인 신입 시스템 기획자도 서로 관여하는 범위가 다를 뿐, 유사한 난이도로 업무를 시작하기 때문에 시스템 기획 경험이나 전문성을 미리 걱정할 필요는 없습니다. 중요한 것은 어떤 직무든 게임 기획을 한다면 게임 시스템에 대한 이해도가 높아야 하며, 항상 관심을 가져야 한다는 점입니다.

이 부분을 탄탄하게 갖추고 업무 경험을 쌓다 보면, 분명 자신이 관심을 갖고 잘하는 분야에 자연스럽게 전문화되어 인정받을 겁니다. 그러니 일찍부터 조바심 내거나 자기 한계를 단정 짓지 않으셔도 됩니다.

UI/UX 기획자가 되기 위해 포트폴리오를 준비 중이라면, 포괄적인 UI/UX 이론이나 UI 레이아웃에만 집중하기보다는 게임 시스템에 대한 분석서, 역기획서 등을 중심으로 하는 것이 좋습니다. 특정 UI/UX의 세부 분석과 개선안 등을 완성도 있게 포함한다면 이상적인 포트폴리오가 될 겁니다.

문서화 능력(작업 속도, 문장력 등)도 채용에 중요한 판단 기준이 되며, 편중되지 않고 다양한 게임을 즐긴 경험도 입사는 물론 UI/UX 기획 업무에도 많은 도움이 되겠죠.

UI/UX 기획자를 지망하는 분들을 응원하며, 곧 현업에서 만나길 기대하겠습니다!

3부
게임 회사 취업 뽀개기

‘게임 기획자’로 일하고 싶다면 반드시 알아야 할 것들.

물론 그 직군 안의 ‘게임 시나리오 기획자’도 마찬가지다.

9장 게임 기획자가 갖춰야 할 것들

커뮤니케이션 스킬

게임 기획자가 갖춰야 할 가장 큰 소양은 두 가지입니다. 원활한 커뮤니케이션 능력, 그리고 물과 같은 포용력입니다. 게임 기획자는 업무를 할 때 정말 많은 커뮤니케이션을 해야 하는 직군입니다. 같은 게임 기획자들뿐 아니라 프로그래머와 그래픽 디자이너, 팀장과 디렉터와도 커뮤니케이션을 해야 합니다. 물론 이들은 연령대와 성별이 다양하죠. 게다가 게임 업계에는 좋게 말하면 개성이 강한, 나쁘게 말하면 뾰족한 사람들의 비율이 적지 않기 때문에, 기획자는 이들 사이에서 자신이 맡은 피처가 원활히 개발될 수 있도록 합니다. 원래 업무인 기획 문서 작성도 잘해야겠지만, 이후의 진행 과정에서도 적극적인 커뮤니케이션을 하며 개발 조직 내에서 윤활유 역할을 해야 하죠.

그런 만큼 게임 기획자가 — 기본적인 일관성과 주관은 당연히 있어야겠지만 — 자신의 고집만을 밀어붙이거나, 커뮤니케이션을 하는 동안 상대방을 포용하지 못한다면 게임 기획자로서 자격 미달이라고 해도 과언이 아닙니다.

게임 시나리오 기획자 역시 이 조건에서 벗어나지 않습니다. 자신의 결과물에 대한 부정적인 피드백을 무조건 배척할 것이 아니라, 본인 입장에서 합당하든 그렇지 않든 간에 그 피드백이 왜 나왔는지를 생각하고 커뮤니케이션으로 풀어가야 합니다.

명심하세요. 게임 기획자는 고집을 부리고 자신의 뜻대로 협의를 밀어붙이는 사람이 아니라, 반대로 고집을 부리는 상대조차 (커뮤니케이션을 통해) 협의에 원만하게 동의할 수 있도록 만드는 사람입니다.

커리어에 날개를 달아주는 도구들

게임 기획자는 기본적으로 문서를 다루는 직군입니다. 그러니 문서 작성 프로그램—8장에서 간단히 언급한 오피스의 워드, 엑셀, 파워포인트—을 능숙히 다룰 수 있어야 하죠〔한컴오피스 문서(*.hwp)는 대부분 게임 회사에서 사용하지 않습니다〕. 각 프로그램을 단순히 '할 줄 안다' 수준에서 그치면 안 되고, 응용할 수도 있어야 업무를 하는 데 문제가 없습니다. 다만 게임 기획자 직무별로 필요한 특화 스킬은 서로 조금씩 다르며, 경우에 따라 오피스 외에도 더 늘어날 수 있습니다. 예를 들어 밸런싱 기획자는 엑셀에서 각종 함수를 능수능란하게 다루는 것 외에도 VBAVisual Basic for Application까지 활용 가능하다면 입사 지원 시 가산점을 받을 수 있습니다.

자격증이 취업에 도움이 되는지는 무척 애매합니다. 실제로 '게임 기획 전문가'란 국가 자격증(한국콘텐츠진흥원 주관)이 있어서, 취업 준비로 이 자격증을 따려는 지망생들도 많습니다. '컴퓨터 활용 능력이나 MOS★ 자격증이 게

> ★
> MOS
> MS 오피스 프로그램의 활용 능력에 대한 자격증으로, 국제 인증 자격시험이다.

임 기획자에게 꼭 필요한가요?'란 질문도 종종 받는데, 제 판단은 '있어서 나쁠 건 없지만 필수는 절대 아니다'입니다. 물론 실무를 진행하다 보면 이 자격증들을 따는 데 필요했던 지식이 도움이 되는 경우도 많습니다. 다만 신입 게임 기획자로 취업하는 데는 포트폴리오가 거의 절대적인 비중을 차지하기 때문에 우선 여기에 본인의 역량을 집중하고, 여유가 있다면 자격증을 추가로 준비하는 게 좋습니다. 단적인 예로 자격증이 없고 포트폴리오 퀄리티가 높은 사람, 자격증이 있고 포트폴리오 퀄리티가 낮은 사람 중에서는 보통 전자가 채용됩니다.

기획 직무별로 필요한 스킬에 대해 좀더 상세히 설명하자면(〈그림9-1〉참조), 시스템 기획자는 워드와 엑셀, 파워포인트를 두루 활용하며 그 전반적인 수준이 높습니다. 그리고 오피스 외에도 다양한 도구, 예를 들면 무료 프로그램인 프리마인드FreeMind나 각종 스크립트 언어 등을 다양하게 활용합니다. 밸런싱 기획자는 앞서 설명했듯 엑셀에 특화된 직무입니다. 게임 내 각종 숫자를 다루기 때문에 엑셀 숙련도가 매우 높아야 하며, 각종 스크립트 언어를 함께 활용합니다. 콘텐츠 기획자나 시나리오 기획자는 보통 워드와 파워포인트를 쓰고, 엑셀 활용 능력은 기본적인

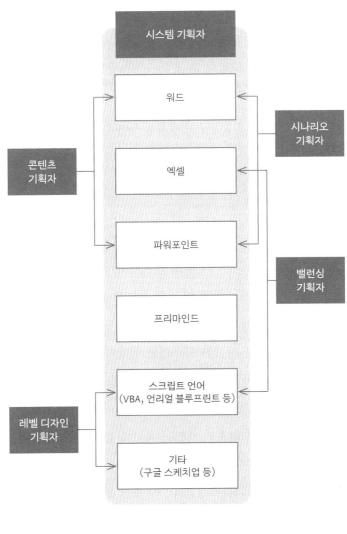

그림9-1. 게임 기획자가 주로 다루는 도구들

수준에서 크게 벗어나지 않습니다. 레벨 디자인 기획자는 조금 특이한데, 본인이 속한 프로젝트에서 쓰는 게임 엔진*에 따라 구사하는 스킬이 조금씩 다릅니다. 게임 속 세계를 실제로 디자인하기 때문에 구글 스케치업 등을 활용하고요.

★
게임 엔진
게임을 개발할 때
사용하는 복합적인
툴. 요리를 할 때 어떤
시설을 갖춘 주방에서
하느냐에 따라 요리의
과정과 맛이 서로
다르듯, 게임 역시
어떤 엔진을 사용해
개발하느냐에 따라
장단점이 크게 갈린다.

의외로 포토샵이나 프리미어 등은 게임 기획자가 필수로 다뤄야 하는 도구는 아닙니다. 물론 사용할 수 있는 도구가 많을수록 업무에 손해가 되진 않습니다만, 입사 지원을 할 때 이런 능력들을 크게 평가하지 않고 필수로 치지도 않습니다.

다만 커리어를 시작한 이후라면 얘기가 좀 달라집니다. 게임 기획자에게 도구는 다다익선입니다. 오피스 외에 다룰 수 있는 도구는 많을수록 좋습니다. 비록 취업 과정에서 필수이거나 결정적인 역할을 하는 것은 아니지만, 취업 후에 본격적으로 개발을 하다 보면 능력을 써먹을 수 있는 데가 생각보다 많습니다(앞서 언급했던 포토샵과 프리미어 등도 포함됩니다). 도구들이 자기 커리어의 발전 속도를 더 빠르게 하는 날개가 되어주는 것은 사실입니다.

추가로는 공모전이 있습니다. 요즘은 정말 다양한 분야의 공모전이 열리는데, 여기서의 입상 경력은 분명 자신의 이력서에 자벌검을 줄 수 있습니다. 특히 동아리나 학과 단위로 도전해서, 즉 '협업'의 결과로 입상한 경력이라면 정말 높은 가산점 획득이 가능합니다(신입을 뽑을 때 게임 개발 협업 경험이 있느냐 없느냐는 굉장히 중요한 평가 요소이기 때문이죠).

게임 시나리오 기획자로 포커스를 좁히면, 현업에서 신입 지원자를 평가할 때 중점적으로 보는 자질은 크게 두 가지로 압축됩니다. '다양하고 깊은 문장력,' 그리고 '시나리오를 전달하는 수단에 대한 이해력'입니다. 이는 11장에서 다루겠습니다.

학력과 전공은 얼마나 중요할까

게임 기획자에게 학력은 그렇게까지 중요하지 않습니다. 옛날부터 게임 업계에서 통용되던 '학력보다는 실력'이라는 말이 아직도 유효하며, 고졸 출신의 현업인도 많습니다. 다만 이는 어디까지나 일반적인 이야기일 뿐, 학력이 스펙 중 하나라는 사실 자체는 다른 업계와 다르지 않습니다. 만약 포트폴리오 점수와 면접 점수를 똑같이 받은 두 지원자 중에 한 사람만 뽑아야 한다면, 이 경우에는 학력이 평가 기준으로 적용될 수 있습니다. 또한 일부 회사들은 내부 연봉 테이블을 책정할 때 고졸, 전문대졸, 대졸 간에 차등 적용하기도 합니다. 즉 '높은 학력이 필수는 아니나, 평가 기준 중 하나로 적용될 수는 있다'라고 말할 수 있습니다. 특히 신입 공채가 중요한 업계 입성의 관문이 된 지금, 치열한 스펙·포트폴리오 대결로 우열을 가리기 힘든 상황에서 학력은 가산점이 될 수 있습니다. 물론 학력이 아닌 능력을 자신의 무기로 삼아 취업에 성공한 사례도, 고졸 출신 현업인도 굉장히 많기 때문에 학력에 너무 큰 부담을 느낄 필요는 없습니다.

학력에 비해 전공은 취업에 미치는 영향이 미미합니다. 게임 회사에는 정말 다양한 전공자가 있습니다. 게임 관련 학과나 컴퓨터공학 관련 학과 졸업생은 물론 국어국문학과나 철학과 졸업생도 있고, 심리학이나 언론정보학, 심지어 식품위생학을 전공한 사람도 있습니다. 자신의 전공을 게임 기획자의 업무와 연결시킨다면 더할 나위 없이 좋겠지만(예를 들어 소프트웨어학을 전공했다면 좀더 프로그래머 친화적인 기획서를 쓸 수 있으며, 이는 기획자와 프로그래머 간의 원활한 커뮤니케이션으로 이어지겠죠) 이것은 지극히 개인의 영역에 국한된 것으로 업계 전반의 문화와는 크게 상관없습니다.

종합하면 '뭘 전공했든 간에 그냥 포트폴리오만 좋으면 되고, 들어와서는 실무만 잘하면 된다'라는 분위기라고 할 수 있습니다. 실제로 게임 시나리오 기획 포지션이라 할지라도 국어국문학, 문예창작 전공은 필수 요소가 아닙니다. 그보다 포트폴리오와 보유 스킬, 그리고 업무 관련 스펙 등이 훨씬 중요합니다.

인맥은 저절로 만들어지는 것

게임 업계는 인맥이 그렇게 중요하다던데 사실인가요? 만약 그게 사실이라면 지금부터라도 인맥을 쌓기 위해 노력하는 게 좋을까요?

현업인이 많이 받는 질문 중 하나입니다. 결론부터 말하자면 게임 업계에서 인맥은 중요하게 작용하는 게 맞습니다. 하지만 오해하면 안 되는 것이, 게임 업계의 인맥은 흔히 말하듯 서로 적당히 필요해서 (명함도 주고받으며) 일부러 구축하는 관계나 학연, 지연, 취미 모임 등과는 거리가 멉니다. 게임 개발이란 철저히 능력을 바탕으로 하는 일이기 때문입니다. 게임 업계인들끼리는 같은 학교, 같은 고장 출신에, 사적인 모임에서 아무리 자주 만났다 한들 업무 능력이 충분치 않다고 판단되는 사람을 절대 추천하지 않습니다. 능력이 되지 않는 사람을 들이거나 추천했다가는 내가 속한 프로젝트의 진척이 느려진다거나 내 (사람 보는 눈에 대한) 업계 신용이 떨어진다거나 하는 직접적인 불이익으로 돌아오기 때문입니다.

그러니 지망생이나 신입, 주니어 시기에는 인맥을 크게 신경 쓰지 않아도 됩니다. 게임 업계의 인맥이란 인위적으로 만들 수 없고, 열심히 일하면서 커리어를 쌓다 보면 어느새 저절로 형성되어 있는 것입니다. 가끔 전자를 적극적으로 어필하는 지원자도 있는데, 능력이 뒷받침되지 않은 인맥은 오히려 독만 될 뿐입니다. 커리어와 연차가 충분히 쌓였을 때 주위를 돌아보면 어느새 나를 중심으로 형성되어 있는 인맥 파이프라인이 보일 겁니다. 사회에서 흔히 얘기하는 '인맥 관리'는 그때부터 해도 충분합니다.

10장 게임 회사 '들'

중견과 중소
그리고 스타트업

어렸을 때는 그저 유명 대학교들(예를 들어 뉴스에 자주 나오는 서울대나 연세대, 고려대 등)의 이름만 머릿속에 들어오곤 하죠. 그러다 나이를 먹고 고3이 되면서, 세상에는 굉장히 다양하고 좋은 대학들이 많다는 사실을 알게 됩니다.

게임 업계도 비슷합니다. 취업 준비 전에는 막연히 엔씨소프트, 넥슨, 넷마블 정도만 알고 있다가, 본격적으로 구직에 들어가면 그보다 훨씬 더 많고 다양한 회사들이 있다는 것을 알게 됩니다. 실제로 앞서 언급한 회사 외에도 스마일게이트, 크래프톤, 네오위즈, 웹젠, 펄어비스, 컴투스, 위메이드커넥트, 데브시스터즈, 조이시티 등등, 안정적인 매출 파이프라인을 가진 수많은 '중견' 기업이 있습니다. 중소벤처기업부 통계에 따르면 2020년 말 기준 한국 기업의 1.4퍼센트 비율을 차지하는 중견 기업만 해도 이렇게 많을진대, 중소기업(벤처, 스타트업 등)은 더욱 많겠죠?

언뜻 무조건 큰 회사가 좋을 것 같겠지만, 꼭 그렇지만도 않습니다. 똑같은 학과라 할지라도 대학마다 커리큘럼과 분위기, 학문적인 지향점이 다른 것처럼, 다 똑같아 보이는 게임 회사들도 서로 다른 부분이 매우 많기 때문에 신중한 판단과 결정이 필요합니다.

내게 맞는 회사는 어디일까

취업 준비생 입장에서는 어느 회사건 들어가기만 하면 좋겠다고 생각할 겁니다. 그렇지만 회사가 여러분을 고르는 것처럼 여러분도 회사를 고를 수 있어야 합니다. 앞서 짧게 이야기했지만 게임 회사라고 해서 다 비슷할 거라는 생각은 오산입니다. 회사마다 특기와 문화, 지향점이 다르거든요. 몇 가지 예를 들어보겠습니다(모두 실제 사례들입니다).

회사 A

— 사업 조직의 파워가 개발 조직보다 강하다.

— 사업 조직이 개발 조직에 간섭을 많이 한다.

— 대신 시장에서 성공 확률이 높고, 매출도 굉장히 높다.

회사 B

— 특정 장르의 게임을 만드는 데 포커스가 맞춰져 있다.

— 해당 장르의 신작은 높은 확률로 히트한다.

— 대신 다른 장르의 개발 조직들은 노하우를 거의 공유받지 못하고 회사의 지원도 상대적으로 적다.

회사 C

— 톱다운 방식의 개발 프로세스를 따른다.

— 게임 회사라고 하기엔 내부 분위기가 매우 딱딱하다.

— 하지만 뛰어난 리더가 있는 프로젝트는 그만큼 높은 성과를 낸다.

회사 D

─ 아웃풋도 훌륭하고 인센티브 체계도 좋지만, 개발 과정
  이 매우 험난하다.

─ 이 회사의 신작은 높은 확률로 상업적 성공과 예술적 호
  평을 함께 누린다.

─ 하지만 그만큼 개인의 '워라밸'을 많이 희생해야 한다.

물론 지망생으로서는 각 기업의 내부 사정까지 속속들이 알 수는 없습니다. 하지만 이제는 여러 공개/비공개 채널을 통해 최소한의 분위기 정도는 파악할 수 있기 때문에, 가급적 자신의 능력이나 성향에 맞는 회사를 고르는 게 좋습니다.

게임 회사들의 채용

신입 게임 기획자로 취업하는 가장 일반적인 방식에는 두 가지가 있습니다. 공채와 상시 채용입니다.

공채는 주로 규모가 큰 회사들이 1년에 1~2회 시행합니

다. 일반 기업들의 공채와 크게 다르지 않은 채용 방식으로, 치열한 경쟁률을 자랑합니다. 회사에 따라 공채 단계에서 테스트를 보는 경우도 있으며 최소 3단계, 대개는 그 이상의 관문을 뚫어야 '공채 출신' 신입 게임 기획자로 당당히 첫걸음을 내디딜 수 있습니다. 공채 출신에게는 초봉부터 연봉 테이블이 높은 편이고 회사에서 사수를 포함해 체계적인 교육 프로그램과 성장 과정을 제공하기 때문에, 게임 기획자로서 가장 이상적인 취업 방식이라고 볼 수 있습니다.

상시 채용은 말 그대로 시기에 구애받지 않고 구인을 하는 경우로, 회사와 프로젝트의 상황에 따라 채용 과정이 제각기 다릅니다. 회사 규모와 상관없이 채용 사이트 등에서 항상 진행되지만, 회사가 클수록 상시 채용으로 신입을 뽑는 일은 흔치 않습니다. 아무리 역량이 뛰어나더라도 어쨌든 신입인 이상 실무와 협업 경험이 일천하기 때문에, 큰 회사는 이 부분을 공채라는 프로세스로 처리하고 있는 것이죠. 그래서 회사나 프로젝트의 규모가 작을수록 상시 채용으로 신입을 뽑는 경우가 많습니다.

이렇게 작은 회사의 상시 채용 관문을 뚫어서 1~3년의 경력을 쌓은 뒤 중견 기업의 공채에 도전하는, 이른바 '중고 신입'의 비중이 갈수록 늘고 있습니다. 다만 작은 회사 중에는 단순히 '신입 게임 기획자 = 인건비(연봉)가 싸다'라는 계산하에 채용을 진행하는 곳도 있으니, 합격하더라도 섣불리 결정을 내리지 말고 잘 검토해보아야 합니다(이에 대해서는 팁1「나는 어떤 회사로 가야 할까」의 '첫째도 사수, 둘째도 사수, 셋째도 사수'에서 좀더 설명하겠습니다).

피해야 할 회사들

입사의 기회가 오더라도 다시 한번 생각해봐야 하는 회사의 유형은 다음과 같습니다.

① 급여가 체불된 적이 있는 회사

② 급여가 연봉의 13분의 1로 나오는 회사

③ 최저임금보다 낮은 연봉을 제시하는 회사

④ 사수가 없고, 신입에게 많은 것을 맡기려는 회사

⑤ 10인 미만의 회사

⑥ 똑같은 프로젝트, 똑같은 포지션의 채용 공고가 상시, 혹은 자주 올라오는 회사

⑦ 면접 자리에서부터 초과근무(야근, 주말 출근 등)를 강조하는 회사

①~③번과 ⑦번은 설명이 따로 필요 없을 정도입니다. 아무리 취업하고 싶어도 무조건 피해야 합니다.

④, ⑤번은 사람에 따라 '왜?'라고 생각할 수도 있습니다. 하지만 이 경우 열에 아홉은 신입으로서 지원자의 능력을 높이 산 게 아니라, '신입 = 인건비가 싸다'란 이유로 채용하려는 것입니다. 특히 첫 커리어를 사수 없이 시작한다는 것은, 마치 눈가리개를 한 채로 마라톤을 뛰기 시작하는 것과 마찬가지입니다.

⑥번은 소위 사람이 '갈려나가는' 회사라는 의미입니다. 업무 강도에 비해 사람을 적게 배치하기 때문에 퇴사율이 높고, 그런 만큼 계속 새로운 사람으로 대체한다는 얘기죠.

'첫 단추를 잘 끼워야 한다'란 속담이 있습니다. 옛말 틀린 거 하나 없다고, 신입에게 첫 회사는 자신의 인생 전체를 좌지우지할 수도 있는 중요한 선택의 순간입니다. 그러니 그 첫 단추를 정말 신중하게 끼우세요.

11장 포트폴리오? 포트폴리오!

상대가 원하는 것을
파악하자

앞에서도 언급했듯, 게임 기획자로 취업하기 위해서는 본인이 작성한 '게임 기획 작업물 포트폴리오'가 정말 중요합니다. 이는 신입뿐 아니라 경력자에게도 마찬가지입니다(예외가 있다면 커리어가 만 10년을 훌쩍 넘긴 경력자인데, 이 정도면 보통 업계에서 어느 이상 이름이 알려져 있기 때문입니다).

학력과 전공을 크게 보지 않는 게임 업계에서 포트폴리오는 자기 능력 자체를 대변합니다. 하지만 다른 직군에 비해 유독 게임 기획 직군의 지망생들은 이 사실을 놓치는 일이 많습니다.

오직 나만이 보여줄 수 있는 포트폴리오!
내 창의성을 증명하는 포트폴리오!

이처럼 포트폴리오로 '나만의 개성을 보여줘야지' '내 참신한 아이디어로 면접관들을 놀라게 해야지' 같은 욕심을 낸 경우가 대부분인데요(구체화되지 않은 아이디어는 소용없다고 앞서 충분히 설명했습니다), 게임 회사 취업이 나날이 치열해지는 만큼, 그 가운데 돋보이기 위해서는 당연히 날카로운 전략이 필요합니다.

예를 들어 아래와 같은 채용 공고가 있다고 해보겠습니다(제 주변의 실제 사례입니다).

○○ 프로젝트 시스템/밸런싱 기획자 모집(신입/경력)
─ 신입 지원 가능(사수 있습니다)
─ VBA 활용 능력 보유자(포트폴리오 내 필수 포함)
─ 필수 포트폴리오: 현재 라이브 서비스 중인 게임 중 택 1, 시스템 하나에 대한 역기획서

— 다양한 캐주얼 소셜 게임 플레이 경험

— 원활한 커뮤니케이션 및 타 부서와의 협업 역량 보유자

　채용 공고가 '시스템/밸런싱 기획자 모집(신입/경력)'이고 모집 요강에도 회사가 원하는 바를 명시해뒀는데, 몇십 명에 달하는 신입 구직자들의 이력서와 포트폴리오 중 요강에 맞춰 포트폴리오를 낸 사람은 둘뿐이었다고 합니다.

　나머지 포트폴리오들을 살펴보면,

　　○○ 게임 신규 콘셉트 기획서

　　○○ 게임 제안 기획서

　　○○ 게임 ×× 시스템 분석

　　○○ 게임 퀘스트 시나리오

같은 경우가 태반이었다고 합니다. 즉 앞에서 언급한 '나만의 개성 강한 게임 제안'과 더불어, '게임 기획자에게 필요한 무난하고 범용적인 포트폴리오'를 만들어서 구인 공고를 낸 회사마다 (각 회사 및 프로젝트에서 요구하는 특정 조건은 무시하고) 일괄 제출한 것이죠.

　취업도 전쟁의 일종입니다. 전쟁에는 그에 맞는 전략이

필요하죠. 조금만 더 전략적으로 임하면 어떨까요? 상대가 원하는 게 뭔지를 알아야 나도 상대에게서 원하는 걸 얻을 수 있습니다.

분석서와 역기획서, 그리고 제안서

흔히 게임 기획자의 필수 포트폴리오로 '역기획서'를 많이 언급합니다. 실제로 역기획서는 제대로 쓴다는 가정하에 그 사람의 기획 능력을 가늠할 수 있는 강력한 척도가 됩니다. 하지만 지원자들이 작성한 역기획서를 보면 대부분 '제안서'와 '분석서'일 정도로, 제대로 된 역기획서 포트폴리오를 만나기는 쉽지 않습니다. 그만큼 기획서와 역기획서, 그리고 제안서와 분석서를 구분하기 힘들다는 뜻이기도 합니다.

(게임) 기획서란 '그냥 머릿속에 떠오른 것만을 정리한 문서'가 아니라, '나 이외의 실무자들이 지침으로 삼아 게임을 만들 수 있도록 작업 명세를 작성한 문서'입니다(제일 중요한 요소는 '구체화'입니다). 더 쉽게 예를 들면,

A 내가 이런 게임을 기획했어!

B 오 그래? 어떤 게임인데?

A 이러이러한 룰이 있고, 이런 캐릭터가 나오고, 이런 재미가 있는 게임이야!

B 오 그렇군. 그럼 구체적으로 어떻게 만들어?

A 그건 이제부터 생각해야지.

보통 지원자들이 작성한 문서는 딱 여기에 멈춰 있습니다. 자기가 생각하는 게임이 뭔지 설명(제안)만 하는 것이죠. 이 대화가 기획서가 되려면 이런 형태를 띠어야 합니다.

A 내가 이런 게임을 기획했어!

B 오 그래? 어떤 게임인데?

A 그래픽 리소스는 이러이러한 것들이 필요하고, 콘셉트는 이러이러해. 게임 룰은 이런데, 상세한 프로세스는 이렇게 돼. 여기에서 이 부분이 핵심 콘텐츠 중 하나인데, 이 부분의 전체 구조는 이렇고, 유저가 게임 내 다른 지점에 있다가 이 부분으로 오려면 이런 과정을 거쳐. 그리고 시나리오는 이런 내용인데 이건 유저한테 이런저런 과정을 거쳐서 전달되고……

B 좋아! 그럼 당장 만들 수 있겠다!

어렵죠? 어렵습니다. 그래서 기획서 잘 쓰기란 경력이 몇 년 이상 된 현업인들에게도 여전히 어려운 일입니다.

조금 다른 얘기입니다만, 현업인들이 '기획서를 쪼개서 쓰세요'라고 조언하는 것도 바로 이 때문입니다. 단순한 클리커 게임*도 (그 게임을 만드는 데 쓰인) 기획서를 하나로 만든다고 치면 그 문서의 분량은 생각보다 많습니다. 현실이 그럴진대, 하물며 MMORPG처럼 대규모 제작이 필

> ★
> 클리커 게임
> clicker game
> 터치(클릭)와 같은
> 단순 조작만으로
> 플레이 할 수 있는 쉽고
> 간단한 형태의 게임.

요한 게임의 기획서를 하나의 문서로 만들었다면 그것은 포트폴리오로서의 가치가 없다시피 합니다(심사자가 열람조차 하지 않을 가능성이 높습니다). 즉, 게임 기획서의 개념을 먼저 잘 이해하고 출발해야 역기획서를 겨우 쓸 수 있게 된다는 이야기입니다.

역기획서는 기획서보다 쉽습니다. '쉬운 문서'라는 얘기가 아닙니다. '기획서보다 쉽다'라는 얘기입니다. 기획서는 실재하지 않는, 내 머릿속에 있는 것을 구체화시키는 문서입니다. 내 머릿속에 있는 것들은, 아무리 말과 (그

림이 첨부된) 문서로 잘 설명한다 하더라도, 상대방이 알아듣는 데는 뚜렷한 한계가 존재합니다. 그런데 역기획서는? 이미 있는 게임과 시스템에 대한 것입니다. 이미 존재하는 것들을 재구성, 재구축하는 것이죠.

여기서 많은 분들이 헷갈려하는 부분은 바로 분석서와의 차이점입니다. **분석서**는 말 그대로 대상을 분석만 해놓은 것입니다. 예를 들어 여기 완성되어 있는 1,000피스짜리 퍼즐이 있다고 하겠습니다.

- 역기획서는 이 퍼즐을 완전히 확 쏟아놓은 다음, 도안을 보며 처음부터 다시 맞추는 것입니다.
- 분석서는 이미 맞춰져 있는 퍼즐에서 하나하나를 순서대로 떼어내는 것입니다.
- 기획서는? 완성되어 있는 퍼즐 자체가 없습니다. 완성된 도안만 내 머릿속에 있고, 그 도안을 퍼즐이라는 실체로 만드는 작업부터 해야 합니다. 그래서 역기획서는 분명 어렵지만, 기획서보단 쉬운 것입니다.

역기획서는 특정 게임, 시스템을 설명하거나 공략하는 문서가 아닙니다. 그건 그냥 분석서입니다. 이미 존재하는 어떤 요리에 대한 품평(분석서)과 그 요리의 레시피(역기획서)는 완전히 다르다는 것을 참고하시면 됩니다. 햄버그스테이크라는 요리에 대해 여러 레시피가 이미 시중에 존재합니다. 그건 마치 역기획서가 여러 종류일 수 있는 것과 비슷합니다. 누구는 계란을 넣고, 누구는 넣지 않습니다. 누구는 원형으로 만들지만 누구는 납작하게 만듭니다. 과정은 조금씩 달라도 모두 훌륭한 햄버그스테이크가 됩니다. 즉, 역기획서는 정답이 있는 게 아닙니다. 결과적으로, 역기획서를 보고 게임을 만든다고 쳤을 때 이미 존재하는 게임/게임 시스템에 최대한 근접한 완성품이 나오면 되는 것입니다. 그런데 '햄버그스테이크는 이런 맛이고, 저런 식감이고, 접시 세팅은 어떻게 되어 있고' 등의 품평만 있다면 그 요리를 만들 수 있을까요? 불가능합니다. 분석서가 역기획서가 될 수 없는 결정적인 차이입니다.

이제 **제안서(설명서)**를 이야기해보겠습니다(제안서는 '콘셉트 기획서'로도 불립니다. 속 알맹이는 똑같습니다). 경력이 꽤나 쌓인 현업 기획자들도 신규 게임, 즉 '내가 생각하는 게임의 제안서'를 쓸 일은 그다지 많지 않습니다. 당연합니다. 그만큼의 직위와 직책 요건도 필요하지만, 무엇보다 게임 하나를 제작하는 것은 돈과 책임이 어마어마하

게 들어가는 일이니까요. 물론 제안서에는 설명이 들어가는 게 맞습니다. 하지만 그 게임이 뭔지 그냥 설명만 하면 될까요? 아파트로 예를 들면, 제안서에 해당하는 분양 소개서는 이 아파트를 구매할 사람들이 보게 됩니다. 그들은 이 분양 소개서를 보고 돈을 낼지 내지 않을지에 대한 결정을 내립니다. 그런데 소개서에 무미건조한 아파트 설명만이, 그것도 꼼꼼하게 쓰여 있지 않으면 돈을 낼까요?

'우리 이런 거 한번 만들어보죠?'라고 쓰기에 제안서는 책임이 매우 무겁습니다. 제안서는 '고유 재미'와 '상업성'을 다루며, 당연히 양쪽 모두에서 전문성을 만족해야 합니다. 아무리 봐도 타깃 유저층은 누군지, 개발비를 줄 사람은 누군지, 개발할 사람은 누군지 알 수 없는 제안서는 총체적 난국인 셈이지요.

그렇다면 여기서 다음과 같은 질문이 나올 수 있습니다.

지망생 입장에서도 제안서를 써볼 수 있는 거 아닌가요?

물론 얼마든지 쓸 수 있습니다. 그 대신 취업 과정에서 내 제안서 포트폴리오가 읽히지 않더라도 어쩔 수 없습니다. 현업인들이 신입을 뽑을 때는 대개 자신의 부사수(또는 보조 기획자)를 염두에 두는데, 부사수에게 원하는 것은 기획서를 쓰는 능력이지 제안서를 쓰는 능력은 아니기 때문입니다.

'이런 게임이 재밌겠어!' '이런 게임을 만들면 어떨까?' 하는 아이디어는 누구나 던질 수 있습니다. 하지만 게임 기획자는 아이디어를 구체화시키는 것이 직업인 사람들입니다. 현업인들은 그것을 아주 잘 알고 있기 때문에, 지원자들이 거꾸로 제안서를 포트폴리오로 제출하면 좀처럼 보지 않게 되는 것입니다(거기다 기껏 열어봤더니 꼼꼼하지 못한, 구체화되지 않은 어설픈 아이디어 수준이라면 당연히 분노하게 됩니다).

게임 시나리오 기획의 포트폴리오

게임 시나리오 기획자가 되기 위한 포트폴리오에는 9장에서 언급했듯 '다양하고 깊은 문장력'과 '시나리오를 전달하는 수단에 대한 이해력'이 반영되어야 합니다.

소설가와는 달리, 게임 시나리오 기획자에게 가장 높

게 요구되는 능력은 '유연하게 맞춰 쓰는 능력'입니다. 자신이 참여하게 될 프로젝트가 가벼운 터치로 쓰여야 하는 알콩달콩한 대사 위주의 게임일 수도, 무거운 테마 안에서 영웅들의 대서사시를 그리는 게임일 수도 있기 때문입니다. 그래서 게임 시나리오 기획자는 카멜레온같이 변화무쌍한 문체를 구사하면서도, 저마다 일정 수준 이상의 문장력을 갖춰야 합니다. 당연히 포트폴리오에서 이를 증명할 수 있어야 하기 때문에 평소 편중되지 않은 다양한 문체의 습작들을 만드는 게 중요합니다(연재―아마추어 레벨이어도 괜찮습니다―나 출판, 수상 경험이 많을수록 좋습니다. 문장력을 검증받았다는 의미이니까요).

　다양한 문체를 갖추었다면, 이것을 게임에 적용하는 데 요구되는 능력이 자신에게 있음을 증명하는 포트폴리오가 필요합니다. 엑셀 활용 능력, 데이터 테이블에 대한 이해도, 스크립트 스킬 등이 그것인데요, 기존 게임들의 시나리오(퀘스트, 신scene 연출 등)에 대한 역기획서를 작성하면 더할 나위 없이 유용합니다. 물론 기존 게임들에 세부적으로 추가할 수 있는 시나리오 기획서(예를 들어 라이브 서비스 중인 특정 게임의 이벤트 퀘스트 관련 기획서)도 좋습니다.

12장 당신의 평범한 성장 과정은 필요 없다

이력서 =
내 취업의 기획서

포트폴리오는 취업의 알파이자 오메가일 정도로 중요합니다. 하지만 이렇게 생각하면 어떨까요? 나와 비슷한 퀄리티의 포트폴리오를 제출한, 비슷한 실력의 경쟁자는 어떻게 이길 수 있을까요? 심사관은 이력서를 읽은 '후에' 포트폴리오를 봅니다. 내가 힘들여 만든 포트폴리오를, 심사관이 어떤 느낌을 갖고 본다면 좋을까요?

사실 신입 지원자들의 포트폴리오는 상위 5퍼센트를 제외하고는 그다지 큰 차이를 보이지 않습니다. 단지 현업인들은 그 포트폴리오에서 '성장 가능성'을 보는 거죠. 더 노골적으로 말해 '이 정도면 내가 얼마만큼 가르쳤을 때 제 몫을 하겠구나'라는 '견적'을 내는 겁니다. 그리고 최대한 자신의 기준에 부합하는 사람을 면접에 부르는 것이죠.

그렇다면 말 그대로 작은 차이가 당락을 가르는 셈인데, 의외로 많은 신입 지원자들이 자신의 이력서 서식에 신경을 쓰지 않는 것이 현실입니다.

인터넷엔 다양한 이력서 서식들이 돌아다닙니다. 몇 시간만 투자하면 그 서식들을 응용해 간결하고도 멋진 자신만의 이력서를 만들 수 있습니다. 그럼에도 불구하고 엉망인 서식에 자신의 한정된 정보만을 담는 지원자들이 생각보다 대단히 흔합니다. 반듯하고 상세한 포맷 안에서 자기 자신을 어떻게든 더 드러내도 모자랄 판에, 기회를 스스로 제한하는 격입니다.

'출생지' 같은 기입란이 있는 일반 기업 이력서 서식은 피해야 하며 한 페이지짜리는 금물입니다. 게임 업계에서 한컴오피스 파일(특히 *.hwp 문서)은 통용되지 않습니다(회사에서 아예 읽지를 못합니다).

문서는 게임 기획자의 자존심입니다. 많은 현업인들이 이미 프로인데도 늘 자신의 문서 스킬과 디자인을 업그레이드하려고 노력합니다. 하물며 그들이 신입의 이력서 서식을 볼 땐 오죽할까요? 이력서도 기획서입니다. '내 취업을 위한 기획 문서'죠. 꼼꼼하게 쓰고, 보기 좋게 쓰고, 읽기 좋게 써야 합니다.

포트폴리오가 별로일지라도, 이런 곳에서 성실함을 증명해서 정말로 면접까지 가는 경우가 종종 있습니다. 앞에서 말했듯 그런 신입들은 당장의 포트폴리오 퀄리티가 뛰어나지 않더라도 '미래 견적'이 나오기 때문입니다.

추가로, 최근에는 경향이 바뀌고 있지만 아직 적지 않은 회사들이 이력서에 사진을 요구합니다. 그런데 신입 지원자들의 이력서를 보다 보면 생각보다 자신의 사진에 신경을 쓰지 않는 분들이 많습니다. 졸업 사진은 안 됩니다. 일상 사진에서 잘라낸 것도 금물입니다. 폰 셀카는 최악입니다. 사진관에서 프로 사진사가 찍은 깨끗한 사진을 사용하는 것이 좋습니다.

자기소개서에 개성을 넣자

'저는 어렸을 때부터 다양한 게임을 좋아했고……' 같

은 도입부로 시작하는 자기소개서는 게임 회사 채용 담당
자들이 최악으로 꼽습니다. 비록 일반 기업처럼 게임 회사
도 이력서와 자기소개서를 요구하지만 그 안에 들어갈 내
용이 상투적이어서는 안 됩니다. 여기서 상투적이라 함은,
'자신의 성장 과정이나 성장 배경을 기술하며 현재의 자신
이 어떻게 만들어졌고 형성되었는지에 대해 시간 순서대
로 기술하는 것'을 뜻합니다.

  이미 커리어가 있는 경력자라면 자기소개서에 별다른
얘기를 쓸 필요 없이, 자신이 과거 담당한 프로젝트가 무
엇이며 그 안에서 어떤 일을 했는지만을 기술해도 충분합
니다. 그렇다면 커리어가 아직 없는 신입 지원자들의 자기
소개서에서는 무엇을 보고 싶어 하는 걸까요? 그건 '특이
함'입니다. 무조건적인 형식·내용 파괴를 하라는 게 아닙
니다(이 부분을 오해하는 분들이 종종 있습니다). 게임 기획
자가 되고 싶은 이유와 동기에 대한 특이함입니다. 게임을
많이 플레이 하고 사랑하는 건 이 업계에 뛰어들려는 모
두가 동일하니 그 안에서 어떤 차별점이 있는지를 보려는
것입니다. 좋아하는 게임으로 전국 대회에서 입상을 해봤
다든지, 세계 랭커였다든지, 코스튬 플레이도 해봤다든지,
선호하는 장르 게임들의 플레이 타임을 합치면 몇천 시간

을 넘어간다든지, 보드게임을 너무 좋아해서 보드게임 공모전에서 입상을 해봤다든지 하는 경험을 심사자들이 자기소개서에서 주의 깊게 봅니다. 단순히 흥미를 끄는지가 아니라, 그런 경험들이 현재 심사자들의 프로젝트에 어떤 도움이 될 수 있는지도 판단의 근거가 됩니다. 예를 들어 시뮬레이션 게임 경험자를 우대한다는 내부 채용 규정을 두었는데, 어느 지원자가 자기소개서에 자신이 클리어 한 시뮬레이션 장르 게임들을 엄청나게 많이 나열했다면 눈길이 가겠죠. 즉, 지원자 개인의 삶과 경험보다는 게임 기획자로서 지원자가 가지고 있는 그만의 특별한 경험을 궁금해하는 것입니다.

때로는 정말 단어 그대로 '인생의 특이한 경험'이 도움이 되기도 합니다. 굳이 일부러 튀게 쓰지 않아도, 남들과 다른 인생 경험이 있다면(호주에서 장사해본 경험, 준 프로게이머 경험 등) 서류 심사에서 가산점을 받는 경우가 왕왕 있습니다.

사소한 것 하나가
퀄리티를 만든다

앞에서 이력서 서식과 사진을 언급했습니다만, 입사를 지원하면서 신경 쓸 수 있는 것은 그 외에도 많습니다. 가장 흔한 예시가 '폰트'입니다. 많은 지망생들이 포트폴리오를 만들 때 거기에 제일 어울리는 폰트를 고릅니다. 문제는 그 폰트가 오피스의 기본 폰트가 아닐 경우입니다. 파워포인트 문서를 제출했는데, 포트폴리오를 보는 심사자의 컴퓨터에도 그 폰트가 설치되어 있어서 읽히리란 보장은 없죠. 즉, 심사자가 그 파워포인트 문서를 열다가 이런 경고 창을 만날 수도 있습니다.

설치되어 있지 않은 폰트에 대해서는 대개 오피스가 기본 폰트로 전환시키는데, 그러면 기껏 공들여 만든 문서는 엉망이 됩니다. 게다가 같은 크기로 설정되어 있더라도 폰트마다 각 글자가 차지하는 공간이 다르기 때문에, 아래에서 보듯 지원자가 왼쪽처럼 작업해도 정작 해당 폰트가 없는 심사자의 컴퓨터에선 기본 폰트가 적용된 오른쪽처럼 보이게 됩니다.

알맞은 폰트로 박스 안에
예쁘게 정돈시켜 놓았지만

알맞은 폰트로 박스 안에
예쁘게 정돈시켜 놓았지
만

그래서 포트폴리오를 파워포인트 문서로 만들 때에는 반드시 파워포인트 옵션에서 '파일의 글꼴 포함'을 체크해야 합니다. 사실 매우 간단한 작업인데, 이런 사소한 부분 하나하나가 쌓여 취업의 당락을 가를 정도로 중요하게 작용하는 것입니다(앞서 8장에서 이야기한 내용과도 일맥상통합니다).

메일도 마찬가지입니다. 메일의 제목이나 내용, 첨부하는 포트폴리오의 파일명에도 신경을 써야겠죠. 이것 역시 말 그대로 '첫인상'에 해당하기 때문입니다. 여기서 오해

하면 안 되는 것이, 무작정 필요 없는 수식이나 허례를 더하라는 말이 아닙니다. 메일 제목에는 보내는 이와 핵심 내용을 담고 본문에서는 최소한의 순서를 지키며, 포트폴리오 파일명을 성의 있게 붙여야 한다는 얘기입니다.

수많은 지원자들 사이에서 내가 경쟁력이 있었다면, 심사자는 내 이력서와 포트폴리오가 담긴 메일을 다시 한번 열어볼 것입니다. 그런데 메일 제목이 '(제목 없음)'이라면 쉽게 찾을 수 있을까요? 아니, 그 전에 좋은 인상을 줄 수는 있었을까요? 포트폴리오 파일명은 특히 더 중요합니다. 수많은 지원자들의 포트폴리오 가운데 심사자가 내 포트폴리오를 다시금 본다고 했을 때, 그 파일명이 단순한 '밸런싱 기획.xlsx'라면 이 문서가 과연 내 것인지 기억할 수 있을까요? 퀄리티는 별다른 게 아니라 바로 이런 것들이 모여서 만드는 것입니다.

정리하자면 다음 이미지와 같습니다.

메일 제목에는 보내는 이와 핵심 내용이 담겨야 한다.
좋은 예시: ○○○입니다. ××× 보내드립니다.
나쁜 예시: (제목 없음)

메일 본문도 일정한 형식을 지켜야 한다.
좋은 예시: 인사 / 핵심 내용 간략히 / 감사합니다.
나쁜 예시: ××× 보내드립니다. (본문 한 줄)

첨부하는 파일명은 특히 중요하다.
좋은 예시: 프로젝트명_문서명_버전명_날짜 (프로젝트A_성장 밸런싱 기획_ver.3_220725.xlsx)
나쁜 예시: 밸런싱 기획.xlsx

면접장에
정장은 필요 없다

정말 면접장에 정장을 입고 가지 않아도 될까요?

현업인들이 지망생들로부터 가장 많이 받는 질문 중 하나가 바로 이것일 겁니다. 결론부터 말하자면 '네, 정말 입지 않아도 됩니다'입니다. 다만 최근 공채 경쟁률이 워낙 높아지다 보니, 조금이라도 자신의 첫인상을 좋게 남기기 위해 면접장에 말쑥한 정장을 입고 오는 지원자가 많아졌습니다. 그래서 역으로 회사 이미지 관리 차원에서(즉, 회사 이미지가 딱딱해지는 것을 막기 위해) 인사 팀에서 면접 안내를 할 때 아예 정장을 입고 오지 마시라고 하기도 합니다.

면접이 옷차림만으로 판가름 나는 건 당연히 아니며, 그것 말고도 신경 써야 할 부분이 무척 많습니다. 이미 커리어가 있는 현업인이라면 면접을 보는 이유가 절반 이상은 (대화를 통한) 인성 테스트라 그저 자신의 경력을 차분히 풀어서 얘기하면 되지만, 신입이라면 정말 다양한 관점에서 평가가 이루어집니다.

그렇다면 신입 게임 기획자가 되기 위해 면접에서 어떤 부분을 신경 쓰는 것이 좋을지 차례로 다뤄보겠습니다.

① 단정한 용모

게임 업계가 형식에 구애받는 곳은 아니긴 하지만, 면접 볼 때 최소한의 복장 정도는 갖추는 게 좋습니다. 단정한 캐주얼 세미 정장 차림이 좋으며, 목 부분이 늘어난 티셔츠나 색 바랜 셔츠로는 당연히 상대에게 좋은 인상을 주지 못하겠죠. 헤어도 스타일(지나치게 화려한 염색 등)이나 청결함을 신경 쓰는 편이 좋습니다.

② 적극적인 태도

면접 때 소극적인 지원자가 많습니다. 그런데 면접에서 굉장히 중요한 부분이 바로 후반부에 면접관이 '회사나 프로젝트에 대해 궁금한 점은 없으신가요?'라고 묻는 단계입니다. 면접관들은 대부분 지원자가 많은 질문을 해주길 원합니다. 그만큼 지원자가 회사와 프로젝트에 관심을 가진다는 의미니까요. 이때 앞에서의 평가가 뒤집어지는 일도 왕왕 있습니다. (물론 지나친 건 곤란하지만) 되도록 적극적으로 여러 가지 질문을 함으로써 면접관과 지원자 모

두 궁금증을 해결하고, 서로를 더 잘 파악할 수 있는 기회로 만드는 게 좋습니다.

③ 커뮤니케이션 스킬

말을 너무 빨리한다거나, 지나치게 더듬는다거나, 묻지도 않은 말을 너무 수다스럽게 늘어놓는다거나, 면접관의 질문 포인트(맥)를 제대로 짚지 못한다거나 하는 지원자들이 생각보다 (포트폴리오 퀄리티와 무관하게) 많습니다. 게임 기획자는 문서 작성 능력도 그렇지만 커뮤니케이션 능력이 굉장히 중요한 직업이기 때문에, 여기서 미흡한 점이 많았다면 '포트폴리오는 좋은데…… 아깝네……'라는 면접관의 반응과 함께 탈락할 수도 있습니다.

④ 자신의 능력과 포트폴리오 간의 일치성 어필

①~③과 연결해 생각할 수 있는 이슈입니다. 포트폴리오가 좋아서 면접장으로 불렀지만 실무적인 질의응답을 하는 과정에서 '이 사람이 정말 이 포트폴리오를 작업한 게 맞나?'라는 의구심이 드는 일이 가끔 있습니다. 실제로 게임 기획 분야에서도 포트폴리오 도용과 경력 부풀리기가 간혹 나오다 보니 대부분 면접에서 이 부분을 날카롭게

체크하는데요, 이때 제대로 된 인상과 답을 주지 못한다면 당연히 좋은 점수를 받기 힘듭니다. 명쾌한 답변과 설명으로 '그 포트폴리오는 내가 작업한 게 맞고, 내 업무 스킬은 포트폴리오 이상이다'라는 점을 확실히 어필해 면접관에게 신뢰를 줄 필요가 있습니다.

①~④를 종합해보면 다음과 같습니다.

- 아무리 자유 복장이라 하더라도 너무 캐주얼한 복장(민소매 티셔츠에 슬리퍼 등)은 피하자.
- 말을 더듬거나, 했던 말을 반복하는 것은 크게 마이너스가 된다. 차라리 천천히 말하더라도 또박또박 얘기하자. 게임 회사는 커뮤니케이션 능력을 중요하게 여긴다.
- 질문 기회가 왔을 때는 프로젝트나 자기가 맡게 될 업무에 대해 되도록 소상히 질문하자. 관심을 보이는 지원자에게 나쁜 인상을 가지는 면접관은 없다.
- 혼잣말을 하거나 중얼거리지 말자.
- 시선 처리를 잘하자. 아래만 보거나, 허공만 보거나 하지 말자.
- 포트폴리오에 대한 질문을 받았을 때는 최대한 부연 설

명을 곁들이자(의외로 '어디에 쓰인 작업물입니다'라고만 말하고 끝내는 지원자가 많다).

- 지나친 자기 주장은 독이다. 실무를 맡겼을 때 자기 작업물을 너무 고집하는 타입으로 비칠 수 있다. 유연함을 어필해야 한다.

팁1
나는 어떤 회사로 가야 할까

어쨌든 첫 회사는
클수록 좋다

이미 론칭을 한 후 라이브 서비스 중인 프로젝트이건, 신규 개발 프로젝트이건 간에 첫 회사가 큰 회사(중견 기업)라면 신입 입장에서는 더할 나위 없이 좋습니다. 무엇보다 '실제 개발(및 서비스)의 프로세스'를 쉽게 배울 수 있으며, 인맥 구축도 용이하죠. 이직을 하더라도 첫 회사의 간판이 큰 배경이 되어줍니다(회사 간판이 좋다면, 론칭하는 데 실패한 프로젝트에 몸담았다 하더라도 첫 이직 정도는 아주 무탈하게 할 수 있습니다).

다만 앞서 소개했던 확고한 레벨의 중견 기업이 아니라면 선뜻 선택하기가 조금 애매해집니다. 예를 들어 사원이 50명가량인 스타트업과 몇백 명인 중소기업 중에서는 언뜻 당연히 후자에 지원해야 할 것 같죠? 그런데 알고 보니 전자는 업계의 '네임드'* 개발자가 창업한 데다 이미 몇백억 원에 달하는 어마어마한 투자를 받았을 수도 있습니다. 이런 경우라면 압도적으로 전자가 나은 셈이죠.

> ★
> 네임드
> 굉장히 유명한 사람을 일컫는 속어. 게임 업계에서도 널리 쓰인다.

그래서 앞서 말한 전제('어쨌든 첫 회사는 클수록 좋다')에는 단서가 붙습니다. '어쨌든 첫 회사는 클수록 좋다. 다만 0순위 중견 기업이 아니라면, 프로젝트의 정체성과 성격은 한 번쯤 살피는 게 좋다'가 그것입니다.

만일 '덩치는 크지만 명성은 애매한 회사'라면, 되도록 안정적으로 라이브 서비스되고 있는 프로젝트의 입사를 노리는 게 좋습니다. 대부분 안정적인 프로세스에, 든든한 사수들에게 보호받으며 실력 향상과 인맥 관리 그리고 빠른 승진까지 노려볼 수 있기 때문입니다.

첫째도 사수, 둘째도 사수, 셋째도 사수

작은 회사에서 경력을 시작한다면 아무래도 스페셜리스트보다는 제너럴리스트 쪽으로 포지션이 잡히는데, 이때 신입에게는 '사수'가 정말 정말 중요합니다. 첫째도 사수, 둘째도 사수, 셋째도 사수라 해도 과언이 아닙니다.

물론 프로젝트 자체도 중요하긴 합니다. 론칭을 하는 게 무엇보다 중요하고, 거기다 히트까지 치면 더할 나위 없이 좋겠죠. 하지만 사수의 여부는 그 모든 것을 차치할 정도로 최우선 고려 사항입니다. 작은 회사 신입에게 좋은 사수를 만난다는 것은, 일을 제대로 배우는 동시에 제대로 된 인맥도 구축한다는 의미이기 때문입니다.

바꿔 말하면 신입에게 최악의 경우는 '사수 없는 작은 회사의 신규 프로젝트에 제너럴리스트로 떡하니 꽂히는 것'이라고 볼 수 있습니다. 그러면 과장을 좀 보태서 정말 지옥이 뭔지 경험할 수 있습니다. 조금만 설명해보자면,

신입은 스킬 부족으로 제대로 할 줄 아는 게 적음 + 다른 파트의 빗발치는 요구와 비난 + 다이렉트로 꽂히는 대표

저는 당신의 사수.
무엇을 알려드릴까요?

▶ 도와주세요

넵!!

퇴근해도 될까요?

혹은 실장의 각종 (말도 안 되는) 피드백 + 야근과 철야로 신체 상함 + 스트레스로 정신 상함 + 그런데 첫 직장이라 최소 1년 이상은 채워야 함

문제는 이런 일이 생각보다 대단히 많다는 것입니다. 사수도 없이 신입 기획자를 프로젝트의 메인으로 꽂는 이유는 아주 간단한데, 대부분 인건비를 절감하고 사장이 자기 마음대로 만들고 싶어서(바꿔 말하면, 경력 기획자를 논리로 이길 수 없어서)입니다.

그러니 첫 회사로 작은 곳을 가게 된다면, 면접 자리에서 꼭 이렇게 물어보아야 합니다.

(퇴직 예정이 없는) 사수가 있나요?

신입에게 첫 회사는 자신의 전체 커리어를 좌지우지할 수도 있는 중요한 선택입니다. 아무리 신중해도 지나치지 않습니다.

신입 기획자 A님의 고민

나는 슈퍼맨이
아니었다

    무사히 취업에 성공해 신입 게임 기획자로서 첫걸음을 내딛게 되면, 정말 신나고 세상을 다 가진 것 같은 기분이 듭니다. 주어지는 모든 일이 신기하고 재미있고 출근길은 의욕이 넘칩니다. 아직 취업을 못 한 지망생들에게 이런저런 조언도 하고 싶어집니다.

    그런데 생각보다 많은 분들이 금세 좌절하고 우울감에 빠집니다. 물론 구체적인 이유는 다양합니다만, 크게는 보통 다음 중 하나입니다.

① 게임 회사에서의 게임 개발은 생각처럼 달콤하지 않았다.

② 내 실무 능력이 너무 낮아서 다른 분들의 발목을 붙잡는 것 같다.

③ 내 아웃풋에 대한 피드백이 늘 너무 많아서 의기소침해진다.

④ 업무 관련 대화를 할 때마다 무시당하는 기분이 든다.

①은 내가 상상하던 게임 개발과 실제 업무 현장에서 경험한 게임 개발 사이에 괴리가 큰 경우입니다. 1부에서 다룬 내용과 비슷합니다.

②~④는, 증상은 다르지만 원인은 모두 비슷합니다. 입사 전에는 자신감과 패기가 넘쳐서 세상 무슨 게임이든 다 만들 것 같았지만, 막상 실무에 임해보니 모르는 것투성이고 내 아웃풋에 대해서는 온갖 부정적인 피드백뿐이며 (내 앎의 깊이가 아직 낮기에) 다른 실무자들과 대화를 하면 상대가 답답해하는 게 느껴진 것이죠.

②~④와 같거나 비슷한 상황에 처했다면 주위 동료들, 특히 사수나 상급 관리자에게 조언을 구하는 것이 좋습니

다(제가 앞에서 '좋은 사수'의 중요성을 강조한 것도 이 때문입니다). 자존감이 위기에 빠졌을 땐 최대한 객관적으로 조언해줄 수 있는 주위 사람들의 의견이 중요하거든요. 만일 그럴 환경이 되지 않는다면, '내게 지금 (업무에서) 부족한 것이 무엇인가' '협업하는 동료들이 내게 부족함을 느낄 때 나는 어떤 마음가짐으로 대응할 것인가' 등을 한 발 물러선 입장에서 최대한 냉정하게 생각해보는 게 좋습니다.

눈치는 기획자의 힘

게임 기획자는 문서를 쓰는 시간만큼이나 커뮤니케이션을 많이 합니다. 처음에는 비슷한 레벨에서 출발한 게임 기획자들이 5년, 10년 후 서로 너무나도 다른 위치에 있다면,—운과 같은 요소를 배제할 경우—그것은 커뮤니케이션 스킬 차이에서 비롯되었을 가능성이 큽니다. 소위 '업계 인맥' 역시 이 커뮤니케이션 스킬에 많이 좌우됩니다. 다른 직군 종사자들이 '다른 회사(프로젝트)에서도 계속 함께 일하고 싶은 게임 기획자'를 꼽을 때, 오히려 문서 쓰는 스킬이 조금 떨어질지라도 커뮤니케이션을 잘하는 기획자를 훨씬 먼저 말합니다.

갓 입사한 신입이 아니라면, 게임 기획자는 업무 회의 대다수(일대일 대화도 포함됩니다)에서 리드 포지션을 잡습니다. (자신이 기획한) 필요 개발 피처들을 설명하고, 그에 대한 피드백을 받아야 하니까요. 이때 가장 필요한 부분은 바로 '눈치'입니다. 단순히 상대의 비위를 맞추라는 이야기가 아닙니다. 지금 가장 대두되는 의견 방향은 무엇인지, 지금 상대가 (게임 기획자인 내게) 원하는 것은 무엇인지 빨리 캐치해야 한다는 것입니다. 게임 기획자는 눈치가 빠를수록 전체 개발 속도를 향상시키고 동료들의 사랑을 받습니다. 프로그래머나 그래픽 디자이너 그리고 상급자가 '저 사람과 업무 얘기를 하면 정말 편해'란 인식을 갖게 해주기 때문입니다.

구체적인 예로, 주니어가 자신의 기획물로 커뮤니케이션을 할 때 가장 많이 듣게 되는 말은 보통 다음 중 하나입니다.

① 어떤 부분이 재밌는 건데요?

② 그게 전체 게임 플레이에서 어떤 역할(효과)을 하나요?

③ (기획 방향에 대한 피드백을 주며) 이렇게 하는 게 더
  낫지 않아요?

④ (보통 주니어가 빼먹고 기술하지 않은) 이런저런 예외
  사항들은 어떻게 처리할 거예요?

①과 ②는 커뮤니케이션 전에 자신이 철저하게 준비하
고 들어갈 부분입니다.

③은 자신의 주관을 잘 지키면서, 상대방의 의견 중에
취할 건 취하고 거부할 건 거부해야 합니다.

④는 계속 경험으로 쌓아가며 다음 기획에서는 이런 결
점이 나오지 않게 노력하면 됩니다.

김호식

20년 차 시나리오 기획자
넥슨코리아

"게임을 만들면 당신은 이미
게임 개발자입니다"

Q. 게임 시나리오 기획자에 대해 간단히 소개해주신다면?

게임 개발은 콘텐츠와 시스템에 필요한 여러 디자인 리소스와 기능을 만드는 일입니다. 막연히 화려하고 멋있게만 그리거나 제작하면 안 되겠죠. 분명히 게임으로 만들고 싶은 세계가 있을 겁니다. 그 세계를 구축하려면 세계관과 설정이라는 기준이 있어야 합니다. 이 기준을 세워서 스토리가 담긴 세계를 만들 수 있도록 개발자에게 가이드를 제공하고, 게임을 즐기는 유저에게 있음 직한 세계로 받아들여지게 전달하는 것이 시나리오 기획자의 일입니다. 그게 말처럼 잘되지 않아서 여전히 애를 먹고 있지만요.

Q. "여전히 애를 먹고 있다"라고 하셨는데, 그렇다면 그것을 위한 본인의 노력을 설명해주실 수 있나요?

저는 원래 애니메이션 업계에서 일하다가 2005년에 게임 시나리오 기획자로 전업한 케이스입니다. 당시에는 게임 개발 전반에 대한 지식이 부족해서, 세계관과 설정을 게임에 잘 녹여낼 수 없었어요. 이후 이런 점들을 보완하기 위해서 레벨 디자인, 시스템 디자인, 이벤트 및 상품 기획, 기획 및 제작 전반 관리 등으로 업무 영역을 넓혀갔습니다. 실제로 지금 넥슨에서 제 포지션은 게임 디자이너입니다.

Q. 본인의 커리어에서 가장 손꼽을 만한 프로젝트에는 어떤 것이 있을까요?

아무래도 엔씨소프트에 다닐 때 만든, MMORPG「블레이드 앤 소울」이겠네요. 엔씨소프트에서 처음 도전한 무협물인 데다, 유명 일러스트레이터 김형태 AD의 합류로 당시 화제성이 높았습니다. 회사에서도 스토리텔링 부문에 지원을 아끼지 않았고, 실력 있는 동료들과 함께할 수 있어서 게임 시나리오 기획자로서는 최상의 환경에서 작업했죠. 출시 후 유저들과 평단에서 스토리와 게임성이 잘 어우러진 게임으로 평가받아서 무척 뿌듯했습니다.

Q. 게임 시나리오 기획자는 최근 각광받고 있는 포지션입니다. 하지만 그에 비해서는 알려진 부분이 참 적다고 생각되는데요, 전체적인 설명을 부탁드려도 될까요?

저는 게임을 전혀 모르는 분들에게는 '드라마 작가나 영화 시나리오 작가처럼 게임에 들어가는 이야기를 쓴다' 정도로만 말하지만, 게임 시나리오 기획자를 꿈꾸는 분들에게는 절대 그렇게 얘기하지 않습니다. 게임 시나리오 기획자는 다른 매체의 스토리텔러와 차별점이 있으니까요.

첫째, 게임이란 매체에 적합한 스토리를 씁니다. 모두 아는 똑같은 신데렐라 이야기라도 동화, 만화, 영화 등 매체의 특성에 맞는 스토리는 제각기 다릅니다. 즉 그 매체에서 가장 효과적인 서사 형식을 구사할 필요가 있습니다. 게임이란 매체 특성을 잘 알아야 한다는 이야기입니다.

둘째, 작성한 스토리를 게임에 녹여냅니다. 유저가 게임을 플레이 할 때 서사적 경험을 하게끔 효과적인 방법을 찾아야 합니다. 그러려면 내가 구상한 스토리가 개발 중인 게임의 콘텐츠 및 시스템과 잘 융합되어야겠죠. 게임 시나리오 기획자는 혼자 이야기를 쓰는 것이 아니라 기획 팀, 더 나아가 개발 조직 전체와 적극적인 커뮤니케이션을 합니다.

마지막으로 게임 시나리오 기획자는 스토리만 쓰고 끝이 아니라 스토리를 구현하기 위한 작업에도 적극 개입합니다. 캐릭터 배치, 대사, 성우 녹음 등 서사적 요소를 지닌 부분의 데이터를 직접 입력하고 관리해요. 때로는 스크립트로 직접 연출을 하는 등 개발자의 일원으로서 서사적 경험을 구현하는 데에도 참여할 수 있습니다. 이런 특성 때문에 게임 시나리오 기획자는 문학적 소양과 더불어 종합 예술적 감각과 기술적 지식까지 요구됩니다.

이 직업의 가장 큰 매력은 자신의 스토리가 게임이라는 가상 세계에서 구체화되고 그 안에서 내가 창조한 인물, 세계와 상호작용 할 수 있다는 것입니다. 하지만 이를 위해서는 생각보다 많은 '스킬'이 필요하죠.

Q. 그 스킬을 다루기 위해서 이 책을 쓴 것이거든요.(웃음) 그렇다면 게임 시나리오 기획자를 꿈꾸는 분들에게 다른 조언으로 어떤 이야기를 해줄 수 있을까요?

첫째, 꼭 게임 시나리오 기획자만 하겠다는 생각은 버리는 편이 좋습니다. 다른 직무에 비해 게임 시나리오 기획자 포지션은 수요가 적은 편이라 그만큼 경쟁이 굉장히 치열합니다. 즉 내가 아무리 능력을 갖춰도 기회를 얻지 못할 확률이 높다는 뜻입니다. 업계에서 일할 기회를 잡고 살아남기 위해서는 게임 시나리오 기획자 포지션에만 너무 특화되지 않아야 합니다.

게임 시나리오 기획자도 결국 게임 기획자입니다. 게임으로 만들고 싶은 스토리가 있다면, 게임 시나리오 기획자만을 꿈꾸기보다는 '실력 있는 게임 기획자'가 됩시다. 꼭 시나리오 기획자 포지션이 아니더라도 우선은 입사해서 게임 업계 경력을 쌓으십시오. 좋은 게임 시나리오를 쓰기 위해서는 게임 개발 전반에 대한 이해도 필요하거니와, 사내에서 시나리오 기획자를 뽑을 때 우선 지원할 수도 있기 때문입니다.

게임 시나리오를 쓰는 것은 기획자이지만 스토리의 방향을 정하고 내용을 컨펌하는 건 결국 개발을 총괄하는 '디렉터'입니다. 좋은 스토리를 담은 게임을 만들겠다면 디렉터가 되겠다는 각오로 뛰어드시길 바랍니다.

둘째, 좋은 포트폴리오를 갖추십시오. 내가 게임을 많이 하고 스토리를 좀 쓴다고 말로만 어필할 게 아니라, 게임 시나리오와 기획에 관련된 능력을 구체적으로 증명해주는 활동을 많이 해두세요. 공모전 입상, 직접 창작한 웹 소설과 인디 게임, 역기획서 등 입사 지원 시 제출할 수 있는 포트폴리오를 미리 준비할 필요가 있습니다. 이것들이 학벌보다 더 큰 위력을 발휘하는 곳이 게임 업계이니까요.

Q. 본인이 커리어를 시작했을 때의 게임 업계와 지금의 게임 업계는 어떤 부분이 다를까요?

제가 경력을 시작할 당시의 게임 업계에는 낭만이 있었습니다. 게임에 미친 학생들이 모인 동아리 같았죠. 야근과 밤샘을 밥 먹듯이 하고 콜라와 패스트푸드로 몸을 채우며, 새벽 해를 보면서 사무실 한편에 놓인 라꾸라꾸 침대에 누워 눈을 붙이던 시절이었어요.

이제 게임 업계는 수백억의 개발비가 투입되어도 이상할

것 하나 없고, 시총 20조에 육박하는 기업들이 탄생할 정도로 급성장했습니다. 주 52시간 근무제에 사내 식당과 카페 등 여러 복지 혜택을 누리고 불필요한 회식도 자제하며, 워라밸을 중시하고 회사 주차장엔 외제 차가 즐비합니다. 확실히 과거보다 개발 환경은 나아졌습니다. 하지만 이런 화려함 속에서도 헛헛한 감정이 느껴집니다. 그것은 '동접'과 수익만으로 계산될 수 없는, 게임이 주는 재미와 감동을 담고자 하는 애정과 노력에 대한 갈증이 아닌가 생각됩니다.

Q. 본인의 커리어에서 딱 하나 후회되는 점이 있다면?

영어 공부를 더 하지 못한 것이죠. 외국 기업과 인터뷰 기회가 몇 번 있었는데 영어라는 큰 장벽에 막혀서 살리지 못했습니다. 영어를 잘했더라면 더 넓은 세계로 나아가 지금과 다른 인생을 살지 않았을까 합니다. 과거로 돌아간다면 영어 공부를 열심히 해두고 싶군요.

Q. 게임 업계를 꿈꾸는 분들에게 '가능한 한 영어 공부를 해라'라는 조언으로도 들리네요.(웃음) 그 밖에도 지망생들에게 해주고 싶은 말이 있을까요?

영화감독이 되고 싶다면 영화를 찍으면 되고, 소설가가 꿈이라면 소설을 쓰면 됩니다. 그런데 어떤 분들은 게임 개발자가 되고 싶은 건지, 게임 회사에 취업하고 싶은 건지 구분되지 않더라고요. 게임을 만든다면 당신은 이미 게임 개발자입니다. 하지만 게임 회사에 취직한다는 건 또 다른 차원의 문제죠.

신입 사원 채용에 면접관으로 참여한 적이 몇 번 있는데, 지원자들의 포트폴리오를 보며 감탄하곤 합니다. 어떻게 기획서를 이렇게 잘 썼지? 게임 업계 경력이 없는데 어떻게 이렇게 프로 같은 기획서를 만들었지? 하지만 이력서를 잘 살펴보면 그 이유를 알 수 있습니다. 대부분 학원에서 코치를 받은 거죠. 심지어 게임에 열정이 있는지 없는지도 서류에서 보입니다(저도 신기하더군요). 역시나 면접을 보면 예상이 맞는 경우가 많습니다.

제일 중요한 점은 '자기만의 생각을 가지고 기획서와 포트폴리오를 만들었는가'입니다. 완성도가 아무리 높아도 아무런 중심 생각 없이 만든 결과물은 티가 납니다. 그렇기 때문에 게임 기획자를 지망한다면, 잘 쓰인 문서도 중요하지만 작은 게임이라도 만들어본 경험을 쌓기를 추천합니다.

또한 게임은 공동 작업이 필수입니다. 기획, 프로그래밍과 그래픽 디자인, 음악 등 인문, 예술, 기술까지 다양한 분야의 인력이 모여서 게임이라는 결과물을 만듭니다. 여기서 중요한 것이 커뮤니케이션입니다. 다양한 관점과 배경을 지닌 사람들과 함께 공동의 목표를 향해 가기 위해서는 원활한 소통이 필수죠. 다른 이들의 의견을 경청하고 자신의 생각을 조리 있게 전달하는 능력을 평소에도 길러두길 바랍니다.

김상민

21년 차 사업PM
위메이드커넥트

유저들이 오래오래 즐길 수 있도록

Q. 사업PM으로서 어떤 일을 하고 계시나요?

함께 일한 기간이 굉장히 긴데, 대신 써주실 수도 있지 않나요?(웃음) 저는 이제 연차와 나이가 꽤 되다 보니, 일반적인 사업PM의 업무—BM 설계, 핵심 지표 관리 등—에 더해 게임 소싱 검토 및 계약 관련 업무도 담당하고 있습니다.

Q. 자신의 커리어 중 가장 자랑스러운 프로젝트는 어떤 것이 있으며, 이유는 무엇인지요?

「에브리타운 for kakao」는 현재 서비스 9주년을 넘긴 장

수 게임입니다. 보통 업계에서는 모바일 게임이 2년 이상 되면 서비스하기 힘들고 매출이 유지되기 어렵다는 이야기를 하는데, 이 게임만큼은 예외로 칩니다. 하락하는 매출을 방어하면서도 유저들이 좀더 재미있게 즐길 만한 콘텐츠를 계획해서 반영하며, 다양한 마케팅 방법을 연구하고 효율을 측정하면서 지표를 하나하나 바꿔나갔습니다. 서비스하는 내내 지속적으로 고민하고 노력하고 있는 프로젝트라고 할 수 있겠네요. 물론 예전에 최영근 님과 함께했던 시기도 포함해서 말이죠.(웃음)

지금도 팬 카페에서는 유저들이 앞으로 5년, 10년 더 재미있게 즐기고 싶다는 피드백이 올라오는데, 그런 글을 읽을 때마다 힘이 납니다.

Q. 저는 제가 이탈해서 더 좋은 결과가 나오는 거라고 생각하는데 말이죠.(웃음) 업계에 들어온 지 20년이 넘었으니, 그사이에 여러 변화를 겪었을 것 같습니다.

대표적으로는 두 가지 변화가 있다고 봅니다. 첫번째는 플랫폼이 온라인에서 모바일로 전환되면서, 유저들이 어느 한곳에 앉을 필요 없이 스마트 기기를 통해 언제든 게임을 즐길 수 있게 되었다는 것입니다. 이는 과거 PC/콘솔 게이머 중심에서 여성, 캐주얼 유저 등으로 게임 유저층을 대폭 확대시키며 시장 규모를 변화시켰죠.

두번째는 게임이 하나의 산업으로 대외적 인정을 받는 시기가 되었다는 것입니다. 많은 게임 회사들이 수천억의 매출을 올리고 있고, IT 산업의 핵심으로 인정받고 있는 시기입니다. 그 과정에서 업계 종사자들의 연봉이나 근무 조건들도 크게 개선되었고요. 학생들이 일하고 싶은 회사로 게임 회사들이 꼽히는 것은 그런 변화의 결과 아닐까요?

Q. 사업PM에겐 개발 부서와의 커뮤니케이션 능력이 매우 중요하게 요구될 텐데, 본인만의 노하우가 있을지 궁금합니다.

게임을 서비스한다는 것은 결국 개발이 수반된다는 얘기입니다. 개발 조직은 실제로 작업을 하기 때문에 시간과 인력에서 많은 제약을 받습니다. 즉 아무리 재미있는 아이디어라도 개발이 어렵거나 시간이 많이 걸리면 개발에 적용되기는 어렵다는 뜻입니다. 사업PM의 커뮤니케이션 능력이 중요하게 발휘되는 건 이런 갈등이 가장 첨예할 때입니다.

각자 방법은 다르겠지만, 저는 먼저 리더들에게 다양한 데이터를 제시해가면서 필요성을 설득합니다. 개발을 급하게 하기보다는 필요한 시간을 길게 잡거나 추가 인력을 투입하는 등 최대한 개발 조직이 작업할 수 있는 환경을 만드는 쪽으로 커뮤니케이션을 하는 편이에요. 물론 즉각적인 효과를 보기는 어렵지만, 길게 보면 처음 생각보다 더 빠르고 퀄리티 있게 작업이 완성되는 경우가 많습니다.

인터뷰

Q. 게임 업계에서 일하고 싶은 분들을 위해 해주실 수 있는 조언이 있다면요?

게임 업계는 확장과 동시에 전문성을 키져가고 있습니다. 게임을 만들기만 하는 개발사가 있고 서비스만 하는 전문 퍼블리셔가 있으며, 마케팅만 담당하는 회사들도 있는가 하면 QA나 운영만을 전문으로 하는 회사들도 있습니다. 따라서 게임을 좋아하고 게임 업계에 들어오고 싶은 분이라면 본인이 어떤 것을 잘할 수 있는지 먼저 생각하고 그에 맞는 회사를 선택하는 것이 좋겠네요.

'처음 택한 직군이 평생 가는 건 아닐까?'라고 생각하실 필요도 없어요. 게임 업계는, 적어도 제가 보기에는 매우 유연합니다. 운영을 하다 사업을 할 수도 있고, 사업을 하다 마케팅을 할 수도 있고, 마케팅을 하다 사업을 할 수도 있습니다. 저는 기자, 기획자를 거쳐 사업을 하게 되었어요. 각 분야에서 쌓은 경험이 사업PM 업무에도 많은 도움을 주고 있습니다. 출발은 본인이 잘할 수 있는 업무로 하고 이후 업계 경험을 쌓아가면서 다음, 그다음 단계를 밟아나가면 됩니다.

Q. 그렇다면 자신이 생각하는 '사업PM'은 무엇인가요?

진부한 답변일 수 있지만, 오케스트라의 지휘자 같은 역할이라고 생각합니다. 지휘자는 곡을 파악한 후 자신이 표현하고 싶은 느낌에 맞춰 각 악기의 연주를 모아 하나의 음악으로 만들어냅니다.

사업 조직의 업무도 이와 마찬가지예요. 게임이 유저들에게 도달하기 위해서는 게임 개발 외에 QA, 운영, 마케팅, 브랜딩 등 여러 유관 부서의 협업이 필요하기 때문입니다. 사업 방향은 오른쪽인데 개발, 운영, 마케팅이 서로 다른 쪽으로 간다면 서비스가 원활히 이루어지지 못하겠죠. 따라서 사업PM은 방향성의 키를 흔들리지 않고 잘 잡아야 합니다. 이 과정에서 매출이나 접속률 같은 지표가 좋게 나오거나 커뮤니티에서 유저들의 긍정적인 호응을 확인할 때 이 일에 대한 보람과 매력을 느낍니다.

Q. 끝으로 사업PM 지망생분들에게 해주고 싶은 조언이 있을까요?

우선 게임 장르들에 대한 이해와 애착이 있어야 합니다. 게임 회사는 여러 장르의 게임을 만들기 때문에 내가 좋아하지 않거나 이해도가 낮은 장르의 게임을 맡게 되면 정말 일하기 어렵고 힘들어요. 제 경우엔 시뮬레이션 장르를 좋아하고, 지금 다니는 회사도 시뮬레이션 게임을 중심으로 서비스 중이거든요. 핏이 잘 맞는 만큼 제 퍼포먼스도 잘 나오고 있는 거라고 생각합니다. 단순히 게임을 좋아하고 즐기기만 할 것이 아니라, 체계적으로 분석한 다음 애착을 갖고 깊이 이해할 필요가 있습니다.

인터뷰

또한 사업PM은 게임의 핵심 구조, 마케팅 방법론, BM에 대한 이해도가 높아야 하며, 동시에 이를 유관 부서와 잘 커뮤니케이션 할 수 있어야 합니다. 따라서 여러 게임을 플레이 하면서 위의 세 가지를 스스로 분석해보고 역량을 키우세요. 자신의 생각을 남에게 잘 전달할 수 있는 커뮤니케이션 방법론을 익히고 프레젠테이션 능력, 엑셀 등 데이터 분석 툴의 활용 능력을 미리미리 키워두시면 많은 도움이 될 거예요.

4부

실무에 필요한
게임 시나리오란

게임 시나리오 기획자가 되고 싶은 이들은 많지만,

그러려면 무엇을 연습해야 하는지 명확히 아는 이들은 드물다.

13장 게임 시나리오 연습을 위해 필요한 것들

Appendix 1-0
반드시 챙겨야 하는 여덟 가지 요소들

앞에서 게임 시나리오 기획자가 작업하는 동안 고려하고 인지해야 하는 것들을 설명했습니다. 그렇다면 이 직무를 목표로 하는 지망생은 어떨까요? 역시 크게 다르지 않습니다. 되도록 실제에 가까운 상황을 만들면서 게임 시나리오 작업을 하면 됩니다.

여러 요소들 가운데 최소한 다음 여덟 가지는 꼭 감안하는 걸 추천하며, 하나씩 설명해보겠습니다.

① 제목

② 장르

③ 플랫폼

④ 유저층

⑤ 차별점

⑥ 유저 경험

⑦ 시놉시스 구조

⑧ 전체/세부 스토리

Appendix 1-1
제목

'제목$_{title}$'은 내가 작업하는 게임 시나리오의 내용과 게임성을 모두 상징·대표할 수 있어야 합니다. 또한 대중성을 고려해 최대한 직관적으로 짓는 것이 좋습니다. 스토리텔링 플랫폼으로서 게임은 같은 대중 예술이라 해도 소설이나 만화와는 성격이 매우 다릅니다. 앞서 설명한 '상품'으로서의 성격이 훨씬 더 강한 까닭입니다. 소설이나 만화는 작가주의가 매우 강한 만큼 작가의 퀄리티와 고유성이 많은 부분에 반영됩니다. 반면 게임은 (1인, 혹은 소규모 개발의 인디 게임을 제외하면) 집단의 제작품이기 때문에 소설이나 만화보다 좀더 자본 집약적인 성격을 띠는 것이죠.

이것을 가장 단적으로 보여주는 것이 제목입니다. 소설과 만화의 제목은 은유나 역설, 반어 등등 작가가 원하는 대로 지을 수 있습니다. 하지만 게임의 경우에는 매우 직관적이어야 하고, 비유를 쓰더라도 직접적이어야 합니다. 대중이 가능한 한 비슷한 느낌과 생각, 인상을 가지게끔 하는, 대중이 공통적으로 반응하게끔 하는 제목이어야 한다는 얘기입니다. 「배틀그라운드」「로드 오브 히어로즈」「어몽 어스Among Us」「라이자의 아틀리에」「문명」등등, 수많은 히트작들이 이에 들어맞음을 알 수 있습니다.

영화는 정확히 이 양쪽 모두 해당합니다. 작가주의가 강한 영화나 인디 영화는 제목으로 은유 등을 많이 쓰지만, 자본 집약적이며 상업성을 지향하는 영화들은 직유를 사용하는 등 직관적입니다(「어벤져스」「트랜스포머」「암살」등).

게임이라는 콘텐츠는 이렇듯 극단적인 양면성을 갖고 있습니다. 지극히 고유한 핵심 콘셉트를 지키면서도 대중성과 상업성을 지향해야 합니다. 게임 개발에 임할 때 내 작업이 고유 재미와 상업성 둘 중 무엇을 목표로 하는지 잘 파악하고, 둘 사이에서 적절한 균형을 잡아야 나중에 나올 최종 결과물도 양쪽 모두 만족시킬 수 있습니다.

Appendix 1-2
장르

'장르'는 내가 쓰는 시나리오가 어떤 장르의 게임에 적용될 것인지를 정하는 단계입니다. 아직 장르에 대한 개념을 정립하기 어렵다면, 적어도 확실한 레퍼런스를 두고 작업하는 게 좋습니다. 예를 들어 싱글 RPG와 같은 장르(「드래곤 에이지―인퀴지션Dragon Age: Inquisition」 등)의 대서사시에 가까운 시나리오와 어드벤처 장르(「베리드 스타즈」 등)의 디테일에 집중한 시나리오는 작성 방법도, 고려해야 할 게임적 요소도 완전히 다릅니다. 심지어 공포 장르(「아웃라스트Outlast」 등)는 아예 시나리오를 게임의 후반부에 배치하고, 유저가 게임 속 세계를 체험하는 과정에서 시나리오를 추리하게끔 하기도 합니다.

만일 특정 장르를 목표로 하지 않고 먼저 시나리오부터

작성한 경우에는, 일단 완성한 후 목표로 하는 장르에 맞추는 튜닝 작업이 필요합니다. 앞서 설명했듯 게임 시나리오는 텍스트로만 존재하지 않고 게임 속에 녹아들어야 하기 때문입니다.

Appendix 1-3
플랫폼

'플랫폼'은 내 게임 시나리오가 콘솔에서 실행되는 것인지, 모바일이나 PC 또는 VR에서 실행되는 것인지를 정하는 단계입니다. 각 플랫폼은 서로 다른 장단점과 고유한 특징을 명확히 갖고 있기 때문입니다.

플랫폼은 게임 시나리오의 스케일과도 관련이 있습니다. 모바일 플랫폼이라고 해서 입체감 깊은 서사시를 다룰 수 없는 건 아니지만, 모바일에서는 성능적 한계로 인해 몇백, 몇천의 캐릭터가 한 번에 등장하는 신을 연출하기 매우 어렵습니다. 따라서 시나리오 자체는 심층적으로 구성하되, 대규모 전쟁 같은 장면을 배제한 음모론 플롯을 선택한다거나 하는 것입니다.

시나리오 기획의 바깥으로 잠시 관점을 돌려보면, 플랫폼 이슈는 타깃 유저층과도 큰 관련이 있습니다. PC 플랫폼 게임은 상대적으로 코어층에 가까운 게이머들이 많이 즐기는 만큼 (장르가 무엇이건) 이들의 취향을 고려한 시나리오가 필요합니다. 반면 상대적으로 논게이머 또는 캐주얼 게이머가 많은 모바일 플랫폼에는 역시나 이 유저들을 감안한 시나리오가 필요합니다.

Appendix 1-4
유저층

'유저층'은 내 게임 시나리오를 어떤 유저가 즐길지 미리 생각해보는 부분입니다. 게임이라는 상품이 소비자인 유저 없이 존재할 수 없는 만큼 이 과정은 매우 중요합니다. 유저를 생각하지 않고 쓴 시나리오는 대중 예술이 아닌 작가주의적인 순수예술입니다. '시뮬레이션 장르 코어 팬' '남성향 서브컬처 마니아층' 같은 확실한 타깃 유저층이 필요하며, 아직 개념 정립이 어려운 단계라면 최소한 '특정 게임과 비슷한 장르를 즐기는 유저층' 같은 레퍼런스라도 설정해야 합니다.

　부정적인 예시를 들어보겠습니다. 간단히 즐길 수 있는 퍼즐 게임에 굉장히 심오하고 복잡한 시나리오를 넣는다고 가정해보죠. 물론 이는 퍼즐 게임을 즐기는 유저층을 전혀 고려하지 않은 선택입니다. 퍼즐 게임은 대부분 지하철에서처럼 잠깐 짬을 내어 플레이 하기 마련입니다. 따라서 그런 게임들의 시나리오는 유저도 부담 없이 받아들일 정도로 가벼운 터치로 쓰인 것이 많습니다(「꿈의 집」 등). 하지만 그렇게 가벼운 퍼즐 게임이 무겁고 슬픈 시나리오를 담고 있다면 어떨까요? 퍼즐 부분이 아무리 잘 만들어져 있다 하더라도 이 유저층은 그 게임을 외면할 가능성이 매우 높습니다.

　다른 장르도 마찬가지입니다. 서브컬처 게임을 즐기는 마니아 유저층에게 파고들 수 있는 요소('야리코미'라고도 합니다)는 매우 중요하기 때문에 게임 시스템에도, 그 시스템을 뒷받침하는 시나리오에도 반드시 반영되어야 합니다. 유저로 하여금 생각할 틈을 주지 않는 깔끔한 시나리오가 다른 장르를 즐기는 유저층에게는 어필할 수 있지만, 서브컬처 게임에는 오히려 독이 될 수 있다는 뜻입니다.

　다시 한번 강조하지만, 게임 시나리오는 대중 예술의 한

가닥입니다. 이때 '대중'이란 곧 게임을 즐기는 유저를 뜻하죠. 목표로 하는 유저를 감안하지 않고서는 절대 훌륭한 게임 시나리오가 나올 수 없습니다. 심지어 그 시나리오의 퀄리티 자체가 아무리 뛰어나더라도 말이죠.

Appendix 1-5
차별점

'차별점'은 내 게임 시나리오가 기존의 것들과 다른 나만의 확실한 콘셉트를 갖고 있는지에 대한 부분입니다. 쉽게 '독창성'이라 할 수도 있겠지만, 그것과는 좀 다릅니다.

대부분 지망생들에게 '독창성이 중요하다'라고 말하면 '엄청나게 획기적이어야 한다'라는 강박관념에 빠지곤 합니다. 그러나 차별점은 내 게임 시나리오가 어떤 부분에서 특장점이 있는지 정도만 설정해도 충분합니다. 실제로 과거 히트작인 「파이널 판타지 8Final Fantasy VIII」에서 장르와 시스템상의 재미는 기존 일본식 RPG 게임과 크게 다르지 않았지만, '학원물 콘셉트 도입'이라는 간단한 특징 하나만으로 전 세계의 수많은 팬들을 휘어잡았습니다. 비교적 최근 히트작인 「디스코 엘리시움」의 경우, 자칫 평범할 수 있는 탐정물 어드벤처에다 심리학을 시스템상에 적용시킴으로써 그해 수많은 상을 수상했습니다.

즉 마치 똑같은 라면이지만 곁들이는 양념 한 스푼이 무엇이냐에 따라 완전히 다른 풍미가 나는 것처럼, 내가 쓰려는 게임 시나리오의 양념 한 스푼은 과연 무엇인지를 치밀하게 고민해야 한다는 것입니다.

Appendix 1-6
유저 경험

'유저 경험'은 앞의 '유저층'과 비슷하면서도 다릅니다. 유저 경험은 유저층으로 설정된 유저들이 내 게임 시나리오를 '어떤 형태로' 즐기게 할 것인지를 고민하는 단계입니다. 예를 들어 똑같은 시나리오라도 게임 내 이벤트를 열어 유저들이 돌아다니다 캐릭터들끼리 직접 대화하게 하거나, 반대로 유저들의 능동적 참여 없이 이미지로 단순 전달만 할 수도 있습니다. 즉, 내 게임 시나리오를 어떤 시스템으로 유저에게 다가가게 할지 정하는 것입니다.

앞에서 설명했듯, 게임은 일방향으로 콘텐츠를 전달하는 소설이나 영상과 달리 유저의 플레이를 통해 시나리오를 유저 자신의 '실제 경험'으로 녹여내는 것이 가능합니다. 따라서 이야기로서 내 시나리오의 완성도도 물론 중요하지만, 시나리오를 유저로 하여금 어떤 형태로 경험하게 할지 '디자인'(게임 기획자는 영어로 'game designer'입니다)하는 것 역시 그에 못지않게 중요합니다. 게임 시나리오 창작이 게임 기획에 속하는 이유이기도 합니다.

게임 기획자는 평소 게임을 다양하게, 많이 해야 한다고 앞서 강조한 바 있습니다. 특히 게임 시나리오 기획자에게는 바로 이 '유저 경험' 요소가 여덟 가지 중에서 인풋과 가장 밀접하게 연관되어 있습니다. 이 부분은 머릿속 상상만으로는 절대적 한계가 존재하며, 수많은 레퍼런스를 접해야만 자연스레 발휘할 수 있는 능력이기 때문입니다.

Appendix 1-7
시놉시스 구조

'시놉시스 구조'는 소설이나 만화의 그것과도 유사합니

다. 내용 전개에 따라 각 에피소드, 혹은 파트별로 유저가 어떤 내용을 즐기게끔 할 것인지를 구분하는 단계입니다. 다만 게임만의 특징이 있다면, 자신이 디자인한 유저 경험에 맞춰 전체 시나리오의 시놉시스를 짜야 한다는 것입니다(앞의 '유저 경험'과 매우 맞닿아 있는 부분입니다). 예를 들어 시나리오의 결정적 힌트들을 숨겨놓은 채 유저가 그 것을 파헤치게끔 장르와 유저 경험을 설정했다면, 시놉시스 구조는 유저의 게임 내 직접적 행동을 통해 단서가 드러나게끔 짜야 합니다(가령 유저가 특정 캐릭터와 대화/이벤트를 하지 않았다면, 결정적 단서를 얻지 못해 다음 시놉시스로 넘어가지 못한다든지 하는 것이죠).

Appendix 1-8
전체/세부 스토리

'전체/세부 스토리'는 가장 일반적인 의미의 '게임 시나리오' 작업입니다. '드디어!'라고도 할 수 있겠네요. 이 단계에서는 말 그대로 앞에서 설정한 것들을 감안하며 내가 쓰고 싶은 시나리오를 쓰면 됩니다.

내 스토리가 적용될 게임을 단순히 머릿속으로만 상상하는 것과, 이렇게 실제 정의에 맞춰 작업해보는 것 사이에는 큰 차이가 있습니다. 내 습작 결과물 자체의 퀄리티를 높이는 것은 물론, 스스로의 식견도 굉장히 넓혀주는 동시에 자신에게 부족한 것이 무엇인지도 알 수 있게 해줍니다.

Appendix 2
어설픈 것은 안 하는 것만 못하다

최근 게임 시나리오 기획 지망생들의 포트폴리오를 보면, 뒤죽박죽인 경우가 의외로 많습니다. 그 이유는 최신 트렌드나 소위 '있어 보이는' 요소란 요소들을 모두 집어넣은 데 있습니다. 유저의 선택에 따라 게임 속 세상이 변화하는 '선택과 결과choice & consequence,' 유저가 자유롭게 게임 속 세상을 만들거나 파괴할 수 있는 '샌드박스sandbox,' 유저의 행위에 따라 엔딩이 바뀌는 '멀티 엔딩multi-ending,' 유저가 어디에서 무얼 하든 완전히 자유로운 '오픈월드open-world' 등등, 자신의 게임 시나리오에 이것들을 전부 담는 거죠. 하지만 결론부터 얘기하자면, 과유불급일 뿐 그 이상도 이하도 아닙니다.

요리로 예를 들어보겠습니다. 트러플은 굉장히 고가의 식재료입니다. 트러플 몇 조각이 들어간 것만으로도 평범한 파스타나 피자가 고급이 될 정도죠. 하지만 그렇다고 트러플을 맑은 국물 요리인 콩소메에 쓸 수 있을까요? 오히려 콩소메 특유의 담백한 맛을 해치기만 할 것입니다.

게임 시나리오도 마찬가지입니다. 멀티 엔딩이 아니라고 해서 퀄리티가 떨어지는 게임이 아니며, 오픈월드는 게임 개발 난이도에 있어 최정점에 있는 장르적 요소입니다 (당연히 시나리오 구현도 까다롭습니다).

좋아 보인다고, 있어 보인다고 무조건 넣을 것이 아닙니다. 바로 앞에서 말한 것처럼 자신만의 게임 시나리오가 누구에게, 어떤 형태로, 어떻게 전달될지를 충분히 고민해야 합니다. 어설픈 것은 안 하는 것만 못하기 때문입니다.

김우진

18년 차 시스템 기획자
스마일게이트 RPG

"게임의 모든 구성 요소에
이유를 부여하는 일"

Q. 시스템 기획자로서 어떤 일을 하고 계시나요?

미디어에서 게임 개발자는 다른 사무직과 특별히 다른 점이 있는 것처럼 묘사되지만 실제로는 그렇지 않습니다. 컴퓨터 게임이나 콘솔, 모바일 게임 개발은 근본적으로 은행 전산 시스템이나 인스타그램같이 '서비스를 움직이는' 소프트웨어 개발과 크게 다르지 않습니다. 즉 고객들의 요구 사항을 분석해서 이를 달성시킬 경험을 도출해내고, 이를 실제 구현 가능한 모양으로 설계하며 개발을 진행시키는 역할을 합니다.

게임 장르나 회사 정책, 개발 조직의 성향에 따라 다를 수 있지만 시스템 디자인은 크게 코어메커닉, 코어루프, 편의 및 지원 시스템 제작으로 구분할 수 있습니다. 여기서 저는 기획자의 관점에서 기반 기술의 선택, 다른 협업 부서와 파이프라인 구축, 흔히 전투로 불리는 코어메커닉을 뺀 코어루프, 편의 및 지원 시스템의 기반 설계, 설계 가이드 제공, 개발 과정에서 발생하는 문제 해결에 기여하고 있습니다.

시스템 기획자로서 제 핵심 역할은 크게 세 가지입니다. 첫째는 걸어 다니는 게임 설계도 역할, 둘째는 저울 역할, 그리고 셋째는 곰 인형 역할입니다.

Q. 아니 잠깐만요, 세번째는 조금⋯⋯

어디까지나 개념상 그렇다는 겁니다.(웃음) 게임 개발하면 주로 새로운 아이디어를 고안해내서 이를 게임으로 만드는 창의적인 일이라고 알려져 있는데요, 아이디어 자체는 멋지게 반짝이지만 이것만 갖고 실제 고객들이 경험할 수 있는 게임으로 만들어내기에는 부족합니다. 게임의 어느 부분에 끼워 넣을지, 현실적으로 어떤 모양이면 좋을지, 우리가 가진 자원으로 개발할 수 있을지를 검토해 게임의 일부로 설계해야겠죠. 이때 설계는 게임에 어울리면서 원래 아이디어의 의도와 핵심을 유지해야 합니다. 서로 업무 분야가 다른 여러 협업자들이 이해하기 쉬운 모양이어야 하고, 새로운 요구 사항을 받아들여 설계를 조정하더라도 비용이 너무 크면 안 됩니다. 또한 이 시스템을 사용해 콘텐츠를 채워 넣을 협업자들이 의도를 쉽게 입력할 수 있는 형태여야겠고요. 저는 이런 조건을 충족하는 설계를 직접 도출하거나, 협업자들이 도출하는 과정에 도움을 드리고 있습니다.

Q. 곰 인형에 대한 얘기가 아직인데요.

거 참 성급하시군요.(웃음) 개발에 참여하는 모든 사람들은 목표를 달성하기 위해 각자의 전문성에 기반해 고민하고 있습니다. 때로는 문제 자체를 이해하는 데 실패하거나, 너무 깊이 고민한 나머지 목표와 멀어진 답을 제시할 수도 있습니다. 또 지금까지 개발한 우리 게임의 기반과 어울리지 않는 제안을 할 수도 있습니다. 저는 이들을 검토해서 여러 협업자들이 문제를 똑같이 이해하고 목적을 달성하는 올바른 방향으로 고민하며, 그 결과가 개발 중인 게임의 나머지 부분과 어긋나지 않도록 각자의 고민을 들어주는 곰 인형 역할을 합니다. 사실 고민의 실마리는 각자가 갖고 있습니다. 저는 그저 듣고 맞장구치면서 다른 관점과 언어로 고민을 재해석해봅니다. 그렇게 칠판 앞에서 이야기를 주고받으며 시간을 보내고 나면 그 전에는 고민이던 주제가 자연스레 해결 방법으로 바뀌어 있습니다.

Q. 엄청난 답변이군요. 그렇다면 그런 본인의 눈높이를 만족시킬 만한 과거 프로젝트에는 어떤 게 있을까요?

어떤 개발자는 프로젝트를 성공적으로 완수하고 유저들에게 인정받으며 시장에서 의미 있는 업적을 이뤄냅니다. 하지만 당연히 모두 그렇지는 않죠. 저도 후자에 속합니다. 성공한 게임 몇 개를 바로 댈 수 있으면 좋겠지만요. 하지만 제 성장에 큰 도움을 준, 개인적으로 자랑스럽게 생각하는 게임 두 개를 꼽아보겠습니다.

게임 개발을 시작한 지 그리 오래되지 않아서 「버블파이터」라는 프로젝트에 참여했습니다. 이전에 비해 규모가 작아서 디렉터를 제외하고는 게임 기획자가 저뿐이었는데요, 덕분에 이전 같으면 다른 사람이 하던, 그래서 있는지조차 몰랐던 기획자의 일을 여러 가지로 해내야 했습니다. 물리적으로 혼자 할 수 있는 양의 일이 아니어서 팀 내 기획 직군의 일에 적극적으로 나서주시는 협업자분들의 도움을 받으며 이분들의 관점을 익혔고, 또 작은 팀에서 빠른 주기로 게임을 개발해 서비스해가는 과정을 배웠습니다. 게다가 개발에서 서비스까지 국내 시장에서 좀처럼 진행할 기회를 얻기 어려운 TPS 장르★여서 지금도 그때의 경험이 큰 도움이 됩니다.

두번째로 소개할 프로젝트는, 언론에 공개된 적은 있지만 아직 출시

> ★
> TPS
> Third-Person
> Shooter
> 3인칭 슈팅. 주인공 캐릭터의 등 뒤 시점에서 진행되는 슈팅 액션 게임 장르를 의미한다.

되지는 않은 「리니지 이터널」입니다. 게임 개발을 시작할 때 언젠가는 그 회사의 MMO 장르 프로젝트에 참여했으면 좋겠다는 목표가 있었거든요. 그 목표를 조금이나마 달성하게 되었습니다. 이 게임은 트레일러가 공개되면서 엄청난 관심과 기대를 받았고, 트레일러 안에 담긴 놀라운 경험을 실제 체험할 수 있는 형태로 만들어냈습니다. 고객들의 큰 관심과 기대에 부응해야 한다는 부담, 그리고 회사의 높은 기대 수준을 만족시키려면 더 높은 비전을 생각해야 한다는 교훈을 얻었습니다. 필요하다면 희생을 감수해서라도 이를 관철시켜야 다른 게임들처럼 성공할 수 있다는 것이죠. 아쉽게도 고객들에게 공개되지는 못한 상태에서 이탈하게 되었지만, 그 후 참여한 프로젝트에서 실수를 줄이는 데 크게 기여한 소중한 경험입니다.

Q. 시스템 기획자에 대해 전혀 모르는 사람에게 이 일은 무엇인지, 시스템 기획자만이 갖는 매력은 무엇인지 말씀 부탁드립니다.

시스템 기획은 게임의 모든 구성 요소와 현상에 이유를 부여합니다. 플레이어 캐릭터의 체력을 표시하는 바는 왜 붉은색이며 화면 상단 왼편에 위치하는지, 왜 사냥을 하다 보면 가방이 가득 차서 마을로 돌아가 정리하게 했는지, 왜 몬스터에게 연타 공격을 할 때 3타째 공격이 유난히 잘 안 들어가는지에 대해 이유를 부여하고, 그 이유들이 통일된 경험을 이루도록 조율합니다. 이 과정은 피상적으로만 보던 실제 세계의 움직임을 관찰해 어떤 현상의 이유와 관련 요소를 고찰하게 만들죠. 순수하게 내가 설계한 구성 요소들이 어우러져, 의도한 경험을 고객들에게 부여하는 과정을 지켜볼 수 있습니다.

Q. 본인이 커리어를 시작했을 때의 게임 업계와 지금의 게임 업계는 어떤 부분이 다를까요?

사실 저희가 일하는 모습은 별로 달라지지 않았어요. 모두 파티션 사이에 놓인 모니터 여러 대 앞에서 일합니다. 누군가는 큰 소리로 떠들고 누군가는 메신저로 이야기하며, 또 누군가는 사람들 사이를 바쁘게 뛰어다니기도 합니다.

하지만 고객들이 게임을 대하는 관점은 분명히 달라졌습니다. 물론 제가 일을 막 시작했을 때도 게임은 이미 흔한 엔터테인먼트였지만, 지금은 그때에 비해서도 훨씬 더 흔한 엔터테인먼트가 되었습니다. 게임이 덜 흔하던 시대에 고객들은 새로운 경험을 게임에 요구했습니다. 어둡고 깊은 지하 던전을 탐험하며 스켈레톤을 쓰러뜨리는 전사가 되거나 레이스트랙을 달리며 그 세계에서만큼은 최고의 드라이버가 될 수도 있었어요. 현대 도시에서 범죄자가 되어 명성을 쌓거나 정교한 전략으로 외계인과 싸우는 것도 가능했습니다. 이런 경험은 기성 매체에 비해 고객의 행동과 상호작용 하며 강렬한 경험을 남겼고 이를 계속 갈망하게끔 했습니다.

이제 고객들은 의도된 감정과 성장 경험을 게임에서 얻으려 합니다. 역사적으로 전후에 어려운 시대를 지나, 노력에 의한 성장이 실제 세계에서 일어나던 고도성장기를 겪으면서, 어떤 부분은 여전히 빠른 속도로 변화하지만 어떤 부분은 그러지 않아서 변화와 발전의 수준이 서로 달라 일그러져 보이는 세계가 되었습니다. 지금 이 세계를 살아가는 고객들은 게임을 통해 '경험'보다는 '감정'을 얻고 싶어 하는데 이 감정은 '성장 경험'으로부터 오는 경우가 많아졌습니다. 대중 엔터테인먼트인 게임은 현실 속 나와는 분리된 게임 속 플레이어 캐릭터의 성장, 그리고 성장을 통해 특정 감정에 도달하는 과정을 요구받고, 이에 따르고 있습니다.

즉 과거에는 게임을 통한 경험, 경험을 통한 고객의 성장이 핵심이었다면 지금은 게임을 통한 감정의 경험, 이를 위한 게임 내 성장 경험이 더 중요해졌습니다. 이 점이 가장 큰 변화이자 차이입니다.

Q. 그렇다면 게임 업계 지망생분들에게 해주고 싶은 말이 있을까요?

도망치세요.(웃음) 예전 회사에서 겨울만 되면 스키장으로 사라져 완전히 행방불명되는 분이 있었습니다. 사무실 한편엔 항상 그분의 보드가 세워져 있었는데, 추운 금요일 문득 정신을 차려보면 사라지고 없었습니다. 물론 주인과 함께요.

개발과 허들을 반복하던 어느 날, 결국 개발이 중단되어 동료들과 회사 근처에서 술을 퍼마셨습니다. 그러다 우리의 정신을 무너뜨리는 이 일 대신, 스키장 근처에 가게를 내서 겨울마다 찾아오는 손님들에게 장비를 대여하며 살면 어떨까 하는 이야기를 시작했습니다. 하지만 밤이 깊어가고 술집 주인이 슬슬 문 닫을 시간이라고 알려줄 무렵, 우리는 우리가 좋아하는 일을 직업으로 삼으면 더 이상 그 일을 좋아할 수 없을 거라는 사실을 깨달았습니다. 짧지 않은 기간 동안 정을 붙이고 여러 어려움을 이기며 개발해온 이 바이너리 덩어리가 회사의 결정으로 개발 중단되거나, 출시되더라도 고객들에게 나쁜 평가를 받을 때마다 정신이 파괴될 만큼 고통스러운 건 이 일이 우리가 한때 사랑했고 지금은 우리의 직업이 되었기 때문이라는 사실을 떠올린 거예요.

그분은 새벽에 감자탕 한 그릇을 비우고는 집으로 돌아갔습니다. 주말이 지나 다시 멀쩡한 얼굴로 출근했어요. 여전히 탕비실 한구석에는 보드가 세워져 있었고, 찬바람이 부는 계절의 금요일 문득 정신을 차려보면 사라져 있었습니다. 그분에게 스노보드는 여전히 좋아하는 일로 남았습니다.

밖에서 바라본 게임 개발은, 우리가 사랑하는 무언가를 직접 만드는 낭만적이고 매력 있는 일일 수도 있습니다. 하지만 이 일을 직업으로 삼으면 자기 의지로 할 수 있는 일의 한계가 머지않아 찾아오며, 개인이 이 커다란 프로젝트와 거기 함께하는 모두의 마음을 움직이는 데는 끔찍할 만큼 많은 체력과 정신력이 필요하다는 사실을 생각해주시면 좋겠습니다. 우리는 모두 행복해지기 위해 일합니다. 내가 사랑하는 일이 시시각각 나를 파괴하려 드는 이 이상한 세계에서 정신을 가다듬고 버텨나가야 합니다. 다른 모든 일들도 마찬가지이지만, 만약 게임을 좋아한다면 이것이 직업이 되었을 때 내게 행복을 가져다줄지, 정신의 파괴를 가져다줄지 한 번쯤은 생각해보면 좋겠습니다. 그래서 제 정신은 반은 파괴돼 있고 나머지 반은 환희를 느끼는 이상한 상태랍니다.

인터뷰